재일한국인 2세로 살다

파도를
넘어

재일한국인 2세로 살다

파도를 넘어

김장수 지음 ⊙ 김기민 옮김

보고사
BOGOSA

차례

처음

벌써 70대 중반이 된 현재, 내 인생을 되돌아보면 파란만장하고 굴곡진 삶을 살아온 것에 새삼 감회가 새롭다. 지금까지 나 자신의 삶을 이어올 수 있었던 것은 부모님을 비롯하여 가족과 선배 그리고 친구들의 지도와 조언에 힘입은 것으로 진심으로 감사를 드리고 싶다.

내 인생은 크게 세 단계로 나눌 수 있다.

첫 번째는 재일한국인 2세로 이 세상에 태어나 빈곤과 차별에 괴로워하면서 어떻게든 견디어 낸 유년기에서 대학 입학까지의 기간이다. 그 속에서 발버둥 치면서도 민족적 열등감을 극복하고 자존감을 되돌리기 위해서 면학에 매진하였다. 자신의 정체성 확립을 위한 모색의 연속이었다.

두 번째 단계는 대학 생활과 졸업 후 미국 유학을 거쳐 병원 개업까지의 여정이다.

사회에 눈뜨기 시작해서 미래의 인생 도약을 위해 노력했던 시기였다. 고통스러운 길이었지만 주위의 도움으로 인내하면서 걸어 나아갈 수 있었다. 또한 재일 2세 정신과 의사로서 자립할 수 있는 길을 모색한 시기이기도 했다. 재일한국인이라는 입장을 정면으로 받아들이고 의사라는 사회적 사명감을 가지고 전진할 수 있었던 것은 미국 유학의 경험이 가장 크게 작용했다고 생각한다. 유학시절에는 고생도 많이 했지만 만족감 또한 컸다. 미국의 다문화, 다민족 사회에서의 다양한 교류를 통해 심적 안정감과 자신감이 생겼다. 즉 일본 사회를 넓은 세계에서 바라보는 것으로 일본의 모습이 있는 그대로 보이기 시작했다. 그 결과, 그때까지 느끼고 있었던 일본 사회의 압박감에서 해방되어 정신적으로 많이 편해졌다. 그런 의미에서 미국 유학은 그 이후의 인생 여정에 매우 큰 전환기가 되었다.

세 번째 단계에서는 재일 2세 정신과 개업의와 재일대한기독교회 장로직에 대한 행보이다. 이 시기에 가장 소중한 세 개의 버팀목이 생겼다. 첫째 정신과 의사라는 직업, 둘째 가정과 가족 그리고 교회 장로직을 완수해야 한다는 사명감, 이 세 가지가 버팀목이 되었다. 이 세 가지를 마음속 깊이 새기면서 오늘날까지 걸어올 수 있었던 것은 주님의 큰 은혜와 인도였다.

본서를 집필하게 된 계기는 장녀 미호(美穗)의 권유가 가장 컸다. 내 인생에는 기억하는 것조차 고통스럽고 기억하고 싶지 않은 부끄러운 일들도 많이 있었다.

그러나 지나간 발자취를 더듬어 가는 것은 나 자신의 인생을 정리한다는 면과 앞으로 우리 가족이 각자의 인생을 살아가는 데 조금이나마 도움이 되지 않을까 해서 무거운 붓을 들게 되었다.

한편 어느덧 칠십이 넘어 진료소를 셋째 딸 미에(美惠)에게 물려주었고 교회 장로직도 은퇴해 주변이 정리되면서 자신을 돌아볼 시간을 갖게 되었다. 물론 가족 모두가 건강하고 딸들도 모두 잘 성장하여 사회인으로 자리를 잡았기에 가능한 일이었다.

지금부터 재일한국인 2세로서 걸어온 내 삶의 여정에 대해 허심탄회하게 기록하고자 한다.

01

부모님이 살아온 시대와 생활

    우리 부모님이 태어난 1920년대 초, 한반도는 역사의 소용돌이 속에 놓인 혼란의 시기였다. 1900년 초 러일전쟁을 거쳐 조선은 일본제국주의의 보호국이 되어 외교권을 박탈당했다. 그 후 많은 항일 의병투쟁이 있었으나 전력의 열세를 극복하지 못하고 1910년 일본에 강제로 병합되었다. 이후 조선총독부가 설치되어 식민지지배가 시작되었다. 그것은 실로 공포정치 그 자체였으며 황민화 혹은 동화정책으로 불리었다. 강제적으로 한 민족의 고유 언어를 빼앗고 일본어를 강요하는 교육, 창씨개명과 더불어 일본 천황 숭배나 궁성 요배(역주: 일본 천왕이 있는 동쪽을 향하여 절하는 것), 일장기 배례 외에도 신사참배 등도 있었다. 조선인을 일본의 신민(臣民)으로 다시 만들어내는 것이 황민화 정책이었다. 그것을 통해 한민족(韓民族)의 전통과 문화의 말살을 시도한 것이었다.

    아울러 토지조사사업이라는 명목 아래, 전국의 토지를 측량해서 주인의 소재가 불분명한 토지(당시 조선에는 명확한 토지등기제도가 없었다)를 몰수해서, 일본에서 온 이주자들에게 저렴한 가격으로 팔아 넘겼다. 그 결과, 많은 농민들이 조상 대대로 물려받은 토지를 빼앗기고 유랑민이 되었다. 이와 같이 유랑민이 된 조선의 농민들은 일자리를 구하기 위해 일본에 유입되었고, 저임금노동자로 위험하고 가혹한 생활을 할 수밖에 없었다. 재일한국인 문제의 시작이기도 하다.

1919년 3월 1일에는 3·1독립선언과 함께 평화적인 독립만세운동이 전개되었다. 조선총독부의 혹독한 탄압에도 불구하고 만세시위는 전국적으로 퍼져 나갔으며 많은 희생자가 나왔다. 또한 1923년에는 관동대지진으로 많은 조선인들이 유언비어에 의해 학살당하기도 했다. 이 무렵 중국 상하이에 대한민국임시정부가 수립되어 해외에서도 독립운동을 면면히 이어갔다. 이러한 가혹한 식민통치가 1945년 일본의 태평양전쟁 패전까지 계속된 것이다.

부친(김도식)은 1921년생이고 모친(박점이)은 1923년생이다. 두 분 모두 경상남도 산골의 빈곤한 농가 출신이다. 철들 무렵 먹고 살기 위해 일본으로 건너왔다. 그리고 야마구치(山口)현 오노다(小野田) 탄광에서 광부라는, 위험한 저임금노동자로서 살 수밖에 없었다. 일본의 식민지정책과 군국주의 전쟁에 협력하는 길 이외에는 살아갈 수단이 없었다. 식민지지배는 36년간 계속되었다. 부모님은 이 식민지지배가 절정일 때 태어나서 가장 냉혹하고 고통스러운 청년시절을 보낸 것이다. 많은 재일 1세 한국인도 같은 운명을 거쳤다.

▲ 1940년대 시모노세키교회 부근(김두현, 金斗鉉)

더욱이 해방 후에도 조국으로 귀국도 하지 못하고 고통스러운 생활을 이어갈 수밖에 없었다.

한반도는 미·소 대립으로 남북으로 분단되어 1948년 남쪽에는 대한민국이, 북쪽에는 조선민주주의인민공화국이라는 분단국가가 성립했다. 더 큰 비극이 한반도를 덮쳤다. 1950년부터 1953년까지 6·25전쟁을 치르면서 남과 북 양쪽 모두 수백만 명의 많은 희생자가 나왔다. 오늘날까지도 여전히 상호 적대적인 관계로 불신상태가 지속되고 있다. 일본에 있던 부모님은 제2급 일본인에서 조선인으로 그리고 1951년 미일 샌프란시스코 평화조약 이후에는 한국 국적이 되었다. 그것은 본인 스스로의 선택이 아니라 역사에 농락당한 결과이기도 했다.

이야기를 조금 거슬러 올라가 보면, 1945년 일본 패전 당시 일본에는 약 2백만 명의 조선인이 살고 있었다. 그 대다수가 우리 부모님과 같이 생계벌이 저임금노동자였다. 그리고 소수의 유학생들이 있었다. 그들은 일본 패전 후 조국으로 돌아가기 위해 일본 전국 각지에서 하카타(博多)항과 교토의 마이즈루(舞鶴)항에 몰려들었다. 하카타항에서 약 50만 명 정도의 조선인이 귀국하였으며 그중에는 강제 징용노동자나 정신대와 같은 사람들도 있었다. 우리 부모님은 여러 가지 사정으로 귀국하지 못했다. 무엇보다도 가장 큰 이유는 따뜻하게 맞아 줄 한국의 가족이나 친척이 없었기 때문이라고 생각한다. 부모님의 고향 또한 매우 어려워서 먹고 살기가 어려웠다.

하카타항에는 139만 명이나 되는 해외식민지에서 철수한 일본인들도 있었다. 대부분 중국 만주나 한반도에 이주했던 사람들이었다. 해외 이주 일본인들의 귀환, 철수 과정의 어려움에 대해서는 많은 서적이나 신문기사를 통해 상세히 알 수 있다. 현재 하카타항에는 시 당국자에 의해 귀환자기념비나 자료관이 일본 귀환자들을 회상하며 역사에 남기기 위해 조성되어 있다.

그러나 당시 조국에 돌아간 한국인들의 고생에 대한 기사는 찾아볼 수가 없고 기념비조차도 없다. 그러한 사실이 다 잊어져 역사 속으로 사라져 가고 있다. 참으로 유감스러운 일이다. 반드시 이러한 역사적 사실을 망각하지 않도록 기록으로 남겨야 하며 무엇보다도 금후 한일 우호친선이나 상호이해, 그리고 교류촉진을 위해서도 어떠한 형태라도 관련 활동이 필요하다. 아울러 당시 하카타항 바로 근처에 현재 우리 부부가 다니고 있는 재일대한기독교 후쿠오카중앙교회가 있다는 것에 깊은 인연을 느끼고 있다.

부모님과 기독교신앙

시모노세키(下関)에 살던 무렵, 부모님의 유일한 안식은 교회에 가시는 것이었다. 시모노세키 집 근처에 재일대한기독교 시모노세키교회가 있었다. 거기에는 한국에서 이주해 온 부모님과 마찬가지로 부산과 시모노세키를 연결하는 연락선을 타고 일본에 일자리를 구하러 온 많은 노동자와 그 가족들이 살고 있었다. 주님께 예배를 올리고 그 은혜와 인도에 감사를 드리면서 미래의 희망과 함께 비슷한 환경에 처한 동포끼리 친밀한 교류가 있었다. 먼저 어머니가 교회에 다니셔서 세례를 받고 그다음에 아버지도 예배에 출석해 세례를 받아 독실한 신자가 되셨다. 그리해서 우리 집은 자연스럽게 기독교 집안이 되어 부모님께 이끌려서 우리 남매 모두 교회에 다니게 되었다.

아버지는 원래 글을 못 읽었으나 성실하고 착실한 성격이었다. 교회를 다니시는 동안에 열심히 공부한 결과 어느 사이인가 한글을 읽을 수 있게 되었다. 열심히 성경을 읽는 모습이 지금도 눈에 선하다. 50세를 넘겼을 무렵에 아버지는 성실한 성품과 독실한 신앙심으로 교회의 장로직을 맡으셨다. 70세 정년 후에도 명예장로로 추천되었다. 그러나 아버지는 장로나 명예장로가 되는 것을 완

▲ 1949년 5월 시모노세키교회 야외 예배

▲ 1951년 5월 시모노세키교회 야외 예배(나가토 이치노미야, 長門一宮)

강히 고사하셨다. 평신도로서 교회 예배에 출석해 봉사하는 신앙 생활을 보내고 싶으셨던 것 같다. 또 장로직이라는 중책과 함께 본인이 무학이었던 것도 주저하게 된 요인이 아닌가 싶다. 그러나 주위의 강한 설득에 결국 장로직을 수락하셨다.

생각해보면 예수 그리스도의 첫 번째 수제자였던 베드로도 시골의 가난한 어부로 배움이 없었다. 가장 중요한 점은 진실한 신앙과 인간성이고 지식이나 교양, 지위나 재산의 유무가 아니라는 것을 알 수 있다. 주님이신 예수님의 부르심에 응답해 가는 것이 무엇보다도 소중하다.

부모님의 성품을 나타내는 기억에 남는 일화 하나를 소개하도록 하겠다.

부모님께서 한국에 잠시 귀국했다가 돌아오는 부산 - 시모노세키 연락선에서 우연히 독일인 부부와 알게 되어 대화를 나누었다고 한다. 아마 서로 말도 잘 통하지 않았을 것이다. 어떻게 해서 그 부부가 독일인인지 알게 되었는지도 물어보지 못했다. 그 부부는 시모노세키에서 하선해 기차로 상경할 예정이었으나 시모노세키에서 하룻밤 묵을 숙소를 어떻게 찾으면 되는지 의논했던 것 같다. 어머니는 그 자리에서 그런 일이라면 우리 집에서 하룻밤 묵어도 괜찮다고 했다. 시모노세키 오쓰보(大坪) 집에 말도 안 통하는 외국인 여행객을 초대해서 식사를 제공하고 잠자리를 보살펴 주었다. 그 당시는 단층을 이층집으로 증축해서 마침 비어 있었던 이층을 쓰게 했다. 그리고 다음 날 아침 식사를 제공한 후에 보냈다. 물론 사례 따위는 전혀 받지 않았다.

◀ 1971년 5월
아버지 김도식 장로 취임식
(시모노세키교회)

　전혀 알지도 못하고 말도 통하지 않는 생면부지의 외국인을 집
에 초대해서 따뜻하게 접대한다는 것은 현재의 우리에게는 가능
한 일일까? 아니 생각이나 할 수 있는 일인가? 시대가 다르다고는
하나 부모님의 행동은 신약성경에 나오는 착한 사마리아인 이야
기와 같이 어려움에 처한 사람에게 실질적인 도움을 주는 이웃을
향한 사랑과 봉사의 실천이었다. 나였다면 오쓰보의 변변치 않은
좁은 집에 데려와도 충분한 접대나 뒷바라지도 해줄 수도 없고,
오히려 누추한 집이 창피하다는 생각이 먼저 들었을 것이다. 기껏
해야 시내 여관을 알려주는 것이 최선이라고 여겼을 것이다.

　여유롭지도 않은 부모님이 어려운 환경 속에서도 그와 같은 친
절을 베푸는 것을 보고 비록 가난하여도 이웃의 처지를 생각하는

친절함과 그것을 실천하는 것은, 인간으로서 소중한 마음가짐이라는 것을 배우게 되었다. 점점 이웃에 대한 관심과 사랑이 사라져 가는 요즘의 세태를 바라보면서 우리 부모님에게 그와 같은 배려심과 사람에 대한 동정심이 있었다는 것에 자긍심을 느낀다.

02

유년기부터 초등학교 시절

유년기의 생활

나는 1946년 5월 7일 차남으로 태어났다. 그 당시에는 태어나도 바로 출생신고를 하지 않고 아이가 건강하게 잘 크는지 지켜보고 나서 신고를 하는 경우가 많았다. 그 때문에 부모님께 내 생일을 여쭈어봐도 정확하게 기억을 못 해서 5월 7일을 편의적으로 사용하고 있다. 당시는 자택출산이 많았고 음력을 사용하고 있었던 것도 그 원인 중의 하나일 것이다.

내 위로 누나와 형이 있었다. 내가 태어나기 전에 형은 어린 시절 들판에서 놀다가 오래된 우물에 빠져 죽었다. 나중에 들은 얘기지만 부모님은 반미치광이 상태였다고 한다. 그 후 여동생이 세 명 태어났으나 바로 밑의 여동생은 어렸을 때 병사했다고 한다. 결국 남은 네 명의 아이 중에서 남자는 나 하나뿐이었다. 어렸을 때 우리 남매 네 명은 부모님을 따라 교회에 다녔다. 내 이름 장수 (長壽)는 어린 형을 사고로 잃었기 때문에 오래 장수하기를 바라는 마음을 담아서 교회 목사님이 지어 주셨다고 한다.

현재 기억에 남아있는 것은 네 살 무렵이다. 이 무렵은 전후의 혼란상태가 지속되고 있었으나, 한편으로는 한국전쟁(1950~1953년)에 따른 경제적 특수에 의해 급속한 경제부흥이 일어난 시기이기도 했다. 당시는 식민지배의 영향이 강하게 남아있어서 재일한국인에 대한 일본 사회 및 일본인의 차별과 편견은 매우 가혹했다. 대다수의 한국인은 '조선부락'이라고 하는 조선인 마을에 모여 살면서 서로 어깨를 맞대고 조용히 눈에 띄지 않도록 일상생활을 꾸려 나가고 있었다.

일거리라고 하면 밀주인 막걸리 만들기, 고철 줍기, 고물 수집 정도밖에 없었다. 말하자면 극빈생활을 할 수밖에 없었다. 우리 집도 예외는 아니었다. 혹독한 차별 속에서 살아가는 것은 고통 그 자체이기도 하다. 무학에 문맹인 아버지의 일이라는 것은 하층 사회의 노동이라고 할 수 있는 고물 수집, 고철 줍기, 돼지 키우기 등이었다. 모친은 생활비에 보태려고 가게에서 부탁한 치마저고리를 하루 종일 미싱을 밟으면서 열심히 만들었다.

하루하루 입에 풀칠하는 것이 고작이었기 때문에 부모님은 아이들을 돌볼 여유는 전혀 없었다. 그래서 우리 4명의 남매는 방치된 극빈 생활 속에서 자랐다. 우리는 알아서 혼자 노는 것 이외에 할 수 있는 일이 아무것도 없었다. 아이들은 여러 가지 놀이를 경험하면서 성장하는 것이라고 하지만, 내 기억에는 이 시기가 가장

▲ 1951년 5월 부모님과 자매

고통스럽고 힘들었다.

지금부터 60년 전의 희미한 기억을 더듬어가면서 그때의 생활과 주변 일들을 적어보고자 한다.

먼저 초등학교 입학 전까지 가장 기억에 남는 것은 시모노세키 집이다. 당시 오쓰보라고 불리던 '조선부락'의 한쪽 구석에 있었던 길게 이어진 한 칸 남짓의 판잣집이었다. 방 두 개와 부엌과 취사장으로 이루어진 비좁고 허술한 집이었다. 실내에 목욕탕도 화장실도 없었다. 화장실은 현관 앞의 작은 오두막집에서 일을 보았고 목욕은 근처 공중목욕탕에 기껏해야 일주일에 한 번 정도 갔다. 방 하나가 온돌방이어서 가족 모두가 그 방에서 아무 데나 쓰러져서 잤다. 사생활이 전혀 없는 생활이었다.

우리 집이 있던 판잣집 공동주택에는 한국인이 많이 살고 있었다. 그곳에서는 관혼상제가 있을 때에는 서로 도와 가며 같이 치렀던 것으로 기억한다. 한국의 옛 풍습이 아직 그대로 남아있었다.

예를 들면, 누군가 돌아가시면 이웃 사람들이 모두 그 집에 도와주러 간다. 장례식이 며칠간 이어지기 때문에 부모님도 없고 우리 남매들은 그 집에서 나눠준 밥을 먹었다. 유족들은 화장장에 갈 때, 하얀 삼베옷에 삼베 두건을 쓰고 무슨 말인지 알지도 못하는 한자로 쓴 깃발을 세우고 행렬을 지어 "아이고~, 아이고~"라고 대성통곡하면서 가는 것이다. 그때 소금으로 부정을 없앤 지폐를 받은 적이 있었는데 어쩐지 기분이 묘했던 기억이 난다. 화장장은 집에서 걸어서 5, 6분 거리에 있었다. 가끔 바람이 불어서 사체를 태우는 연기냄새나 그을음이 날아와서 코를 찌를 때가 있었다. 한

번은 무슨 생각이었는지 화장장에 몰래 기어들어가 사람의 뼈를 주운 적도 있었다. 왜 그랬는지는 기억나지 않지만, 호기심이 발동하지 않았나 한다.

물론 결혼식과 같은 경사스러운 일이 있으면 이웃 모두 총출동해서 도와주러 가기 때문에 집에는 아무도 없다. 그런 날이 며칠이나 계속되었고 식사도 그 집에서 전부 먹었다. 그래서 우리들은 완전히 자유라고 할까, 거의 방치상태에 가까웠다. 여기저기 멋대로 돌아다니면서 장난질이나 도둑질 등을 하는 것은 일상다반사였다. 당시는 지금과 같이 정비된 공원이나 놀이터는 전혀 없었다. 당연히 아이들은 배고픔을 달랠 용돈을 벌기 위해 고철을 줍거나, 시골 밭의 딸기나 수박서리 아니면 막과자 가게에서의 도둑질이나 다른 집 정원의 감나무나 무화과를 훔치거나 했다. 완전히 불량소년의 전형과 같은 동네 개구쟁이 그 자체였다.

집 근처에 차가 다니는 도로를 사이에 두고 반대쪽에는 정원이 있고 대문도 있는 멋진 일본인들의 집들이 늘어서 있었다. 그 지역과 조선부락의 교류는 전혀 없었다. 누가 사는지도 모를 정도로 얼굴을 마주친 적도 없다. 이따금씩 그 집에서 피아노 소리가 들렸다. 다른 세계의 소리로 들렸다. 그들은 우리를 완전히 무시하고 있었을 것이다.

우리들은 뭘 배우러 다닌 적도 전혀 없었다. 그 당시 일본 아이들은 주판교실이나 습자교실에 많이 다녔다. 그런 것은 우리 남매들에게는 전혀 상관이 없고 다른 세상이라고 생각해서 특별히 부럽다고도 생각하지 않았다. 마침 지나가다가 궁금해서 안을 들여다보니 선생님이 지도하는 소리가 들려왔다. 무슨 말인지도 모르고 그냥 도망치듯이 그곳을 지나쳐 달려갔다.

집 바로 근처에 어린이집이 있었다. 지금도 '지구사(千草)어린이집'이라는 이름으로 그 자리에 있다. 그곳은 울타리가 쳐져 있고 원아들이 놀이터에서 놀고 있었다. 그네를 타거나 정글짐에서 놀거나 즐거운 웃음소리가 밖으로 울려 퍼졌다. 점심때에는 맛있게 급식이나 도시락을 먹는 모습이 보였다. 별로 특별할 것도 없는 평화로운 광경이다. 하지만 우리들과는 전혀 무관한 세계였다.

어느 날, 아무도 없는 것을 확인하고 몰래 정문으로 들어가 모래사장에서 혼자서 논 적이 있다. 조심조심 얌전히 놀고 있었는데 몇 분 후에 어린이집 선생님이 나왔다. 그리고 얌전히 놀고 있던 나를 수상히 여겨 당장 나가라고 무서운 얼굴로 말했다. 놀라서 밖으로 달려 도망쳤다. 그 선생님이 너무 무서웠다. 아~ 여기는 일본 애들만 노는 곳이라고 뼈저리게 느끼게 되어서 그 이후는 단 한 번도 무단으로 들어간 적은 없었다. 이유도 모르고 분했다.

그래도 우리들은 놀이터나 장난칠 곳이 있으면 시름을 잊고 잠시도 가만히 있지 않았다. 가장 좋은 놀이터는 근처에 있는 묘지였다. 큰 화강암으로 만들어진 묘석이 끝없이 늘어서 있었다. 모험심과 장난기로 묘지를 서성거렸다. 담력이 있나 없나 시험 삼아 묘지의 암흑 속을 한밤중에 돌아다녀 보았지만, 역시 너무 오금이 저려서 부리나케 도망쳐 돌아왔다. 오본(역주: お盆 음력 7월 15일 백중맞이)이 되면 묘비 앞에 여러 가지 제사음식을 갖다 놓는다. 과자나 과일도 있었으나 그런 것에는 어린 마음에도 기분이 묘해서 건

드리지도 하물며 입에도 갖다 대지 않았다. 저녁이 되면 유령이나 도깨비불이 나오지 않나 무서워져서 급히 집으로 돌아오곤 했다.

그다음으로 우리에게 소중한 놀이터는 교회였다.

부모님이 기독교 신자가 된 이후 우리들은 교회에 다녔다. 교회는 나에게는 절호의 놀이터였다. 일요일 주일학교에는 매주 20명에서 30명 정도 많은 한국 아이들이 시내에서 모여들었다. 나와 비슷한 환경의 아이들이 많이 있다는 것과 같은 또래가 이렇게 많이 있다는 것에 내심 놀라웠다.

일요일 아침 일찍 교회에 가면 선생님이 반갑게 맞아 주셨다. 그리고 모두 어린이용 찬송가를 함께 부르고 선생님의 기도 후에 성경 이야기를 들었다. 지금도 그립게 생각나는 찬송가는 '예수 사랑하심은…'이란 노래와 '여호와는 나의 목자시니 내게 부족함이 없으리로다'와 같은 찬송가이다. 무슨 의미인지도 모른 채 불렀지만 왠지 즐거웠다.

성경에 대한 이야기는 모두 열심히 선생님의 말씀에 귀 기울인다고 생각했는데 실제는 전혀 그렇지 않았다. 특히 나에게는 선생님 말씀은 귀에 들어오지 않았다. 옆자리 아이의 팔을 쿡쿡 찔러서 작은 소리로 잡담이나 장난을 치거나 하는 일이 많았다. 주의가 산만하고 가만히 있지 못하는, 요컨대 집중력이 떨어지는 과잉행동 아동이었던 것이다. 결국 선생님도 보다 못해 나를 앞으로 불러내 이야기가 끝날 때까지 세워 놓았던 것이 한두 번이 아니었다. 그래도 선생님의 말씀에 귀를 기울이지는 않았다. 예수 그리스도에 관한 이야기인 것만 겨우 이해가 되었다.

너무 가만히 있지 못하고 주의가 산만한 악동이었지만 이상하게도 "너는 말도 안 듣고 시끄럽고 다른 사람의 폐가 되니 이제 교회에는 오지 말라"고 쫓겨나는 일은 없었다. 우쭐해져서 매주 주일학교에 출석해서 친구들과 장난을 쳤다. 생각해 보면 그것이 나에게는 즐거운 시간이었다. 돌이켜보면 주일학교 선생님들에게는 대단한 민폐였다고 생각한다. 정서 불안정이었던 개구쟁이를 감싸주신 선생님들의 깊은 사랑과 인내에 감사드리고 싶다.

여하튼 교회 밖의 놀이터는 근처의 묘지와 화장장밖에 없었다. 그 밖에는 용돈벌이로 고철을 줍거나 남의 밭을 서리하는 것 이외에는 할 일이 없었다. 일본 아이들과는 전혀 교류가 없었고 애당초 상대도 해주지 않는 상황 속에서 완전히 소외되어 쓰레기장과 같은 한쪽 구석에 방치된 상태였다. 그런 생활 속에서 주일학교의 시간이 나에게는 유일하게 즐거운 낙이었다.

부모님은 지금 관점에서 보면 생활고에 시달리는 기초수급생활자와 같은 수준이었다. 어느 때인가 이웃에게 생활보호를 받도록 권유받은 일이 있었던 것 같다. 그러나 부모님은 완고하게 거절했다. 생활보호대상자에 대한 반감이 강했고 자립생활의 프라이드가 높았기 때문이라고 생각한다.

나중에 어머니가 밝힌 나의 기묘한 행동에 관한 사건이 있다. 한밤중에 자다가 혼자 일어나서 훌쩍 밖으로 나간 것 같다. 신발도 신지 않고 맨발로 정처 없이 밤새도록 걸어 다녔다. 나는 전혀 기억이 나지 않지만 바로 몽유병이었다.

다음 날 이른 아침 시모노세키 항구 근처를 서성거리고 있었다. 우연히 그 근처에 살고 있던 아주머니가 내 모습을 알아차렸다. "아이고, 어린아이가 이런 곳에서 뭘 하고 있는 거야, 암벽에서 바다로 떨어지면 위험한데." 의아해하면서 다가가 보니 아무래도 어디선가 본 적이 있는 얼굴이었다. 곰곰이 생각을 하다 보니 지인인 김 씨네 아이가 아닌가 하는 생각이 들었다고 한다. 그 아주머니가 나를 끌고 오쓰보 집까지 데려다주었다. 나이도 어린 아이가 한밤중에 갑자기 없어져서 부모님은 밤새도록 찾아다녔으나 못 찾아서 어찌할 바를 모르고 있었다. 마침 그분이 거기에 아들을 데리고 온 것을 보고 깜짝 놀랐다. 그리고 그분의 말씀을 듣고 한 번 더 놀랐다고 한다. 혹시 유괴범에게 끌려간 게 아닌가 두려워했던 것이다. 형도 어렸을 때 놀러 나가서 오래된 우물에 빠져서 죽은 적이 있으니 그 걱정이 오죽했겠는지 짐작할 수 있다.

그 친절한 아주머님이 없었다면 난 어떻게 됐을지 알 수가 없다. 어쨌든 부둣가 암벽 근처에서 자칫 잘못해 발이라도 미끄러져 바다에 떨어졌다면 그것으로 끝이었을 것이다. 부모님은 진심으로 그분께 더할 나위 없는 은혜를 느껴 그 아주머님에게 매년 감사의 선물을 거르지 않고 보냈다고 한다. 그것은 그분이 돌아가실 때까지 계속되었다.

부모님은 은혜를 저버리지 않는 의리가 있는 분들이었다. 어머니에게 직접 듣기 전엔 나는 전혀 그런 사건에 대해서 몰랐다. 하물며 그분의 얼굴도 모른다. 한 번도 감사의 예를 갖추지 못해서 유감천만이다.

초등학교 시절

초등학교에 들어갈 나이가 되자 시청에서 입학통지가 왔다. 한국인도 의무교육을 받아야 했던 것이다. 부모님은 입학 준비로 란도셀(역주: 일본 초등학교 학생가방)과 필기구 등을 준비해 주셨다. 그러나 유감스럽게도 입학식이나 학교에 부모님이 오셨는지는 전혀 기억이 없다.

학교는 집에서 걸어서 20분 정도로 시립 간사이(関西)초등학교였다. 김이라는 아버지의 한국 성을 그대로 사용했다. 이 시절도 고통스러운 기억이 많다. 학교에서는 친구도 없었고 함께 놀 아이도 없었다. 항상 고독하고 외톨이여서 쓸쓸했다. 그 누구도 선생님조차도 제대로 상대해주지 않았고 늘 무시당하는 기분이었다. 괴로운 기억이 많으나 기억해 낼 수 있는 범위에서 에피소드를 몇 개 소개해 보도록 하겠다.

초등학교에는 교단을 향하여 두 사람이 같이 앉는 책상이 나란히 놓여있었다. 남자와 여자 한 명씩 앉아서 수업을 들었다. 조심조심 한쪽 의자에 앉자 옆에 앉은 여자아이가 얼굴을 찡그리면서 소리쳤다.

"싫어, 냄새 나니까 저리가! 가까이 오지 마!"

그런 소리를 들으면 감수성이 예민한 나는 얼굴을 숙인 채 아무 말도 못 하고 작게 움츠러들었다. 수업이 빨리 끝나서 어서 교실에서 도망갈 수 있도록 견디는 것뿐이었다. 물론 수업이 귀에 들어올 리도 없고 이해도 안 된다. 확실히 입고 있던 옷은 누더기처럼 깡뚱하고 볼품이 없었을 것이다. 김치 냄새가 났을지도 모른다. 아무것도 모르는 어머니가 그래도 한껏 갖추어 주셨던 것이다. 한국인이라는 이유만으로 경멸하는 풍조는 당시 일반 일본인들에게는 흔한 일이었다. 그리고 아이들 세계에서도 똑같았다. 정말 어이없고 한심한 교실 풍경이었다.

또 잊을 수 없는 경험이 있다. 초등학교에서는 급식이 있었다. 그 급식비의 일부를 아이들의 가정이 부담했기 때문에 급식비 봉투를 학생들에게 나누어 주었다. 한 달에 한 번 아침조회 시간에 여자 담임선생님이 이름을 부르면 한 명씩 교단 앞으로 나가 급식비 봉투를 제출하는 것이다. 지금 생각하면 적은 금액이었겠지만 집에 돈이 없어서 그날은 빈 봉투였다. 초조하고 불안해서 어쩔 수가 없었다. 빈 봉투를 껴안고 무슨 변명을 해야 할지 그것만 생각하며 밤새 잠도 못 잤다.

다음 날 아침 교실에서 교단 앞으로 나가 주뼛주뼛 선생님에게 봉투를 내밀었다. 선생님은 빈 봉투를 확인하자마자 예상대로 반 친구들이 다 들리게 큰 소리로 야단쳤다.

"김 군은 또 안 가져왔군요. 늘 잊어버리고. 도대체 몇 번이나 말해야 하는 거지!"

창피해서 쥐구멍이라도 있으면 숨고 싶은 심정이었다. '그냥 잊어버린 것이 아니고 돈이 없어서 어쩔 수 없이 빈 봉투를 냈다'고 할 수도 없고 마냥 움츠리고 고개만 숙이고 있을 뿐이었다. 천진난만하게 웃는 동급생들의 소리가 지금도 귓가에 남아있다. 완전히 우리 반의 놀림거리였다. 열등감이 더해져 되도록 반에서 눈에 띄지 않도록 행동하는 것 이외에 다른 길은 없었다.

돈이 필요하다고 부모님께 말해도 없는 돈이 나올 리 없고 불평해 봐도 소용이 없었다. 부모님도 상심하면서 묵묵히 참을 수밖에 없었던 것이 아닌가 한다.

부모님은 말도 안 통하고 생활고에 시달려 한 번도 학교에 오신 적이 없었다. 애초부터 학교가 어떤 곳인지 전혀 알지 못했던 것은 아니었을까? 두 분 모두 학교에 다녀 본 적이 없기 때문에 무리도 아니다. 입학식이나 수업 참관, 부모간담회 등 전혀 학교에 온 적이 없다. 제대로 된 정장도 없고 일본어도 안 되고 더욱이 어머니는 낯가림을 하는 타입이라서 공식적인 자리에는 거의 나서고 싶어 하지 않았다. 그것은 철칙이었다.

학년 초 가정방문에서도 선생님에게 엎드려 고개만 숙일 뿐 정상적인 대화도 할 수 없었다. 선생님도 방으로 들어오지도 않고 현관 앞에서 두세 마디 말하고 금방 돌아갔다. 꾀죄죄한 판잣집에서 빨리 철수하고 싶었을 것이다. 나는 단지 이 고통스럽고 창피한 시간이 빨리 지나가 버리기를 바랄 뿐이었다.

그 이후도 부모님이 공식적인 자리에 나타나는 일은 한 번도 없었다고 기억한다. 어린 마음에 쓸쓸하고 외로웠으나, 지금 생각해 보면 어쩔 수 없는 일이었다.

또 1년에 한 번인가 두 번 당일치기 소풍이 있었다. 그날은 버스를 타고 하기(萩)에 간 것으로 기억한다. 하기성과 요시다 쇼인(吉田松陰)의 **쇼카손주쿠** (역주: 松下村塾 1856년 야마구치현에 문을 연 요시다 쇼인의 서당) 등을 견학한 후에 어느 연못 근처에서 점심을 먹는 시간이었다. 그날은 각자 도시락 지참이었다. 같은 반 아이들에게 말을 걸 용기도 없고 게다가 누가 말을 걸어주는 사람도 없었다. 정말로 외로운 아이였다. 홀로 외따로이 모두하고 떨어진 연못 근처에 자리를 잡고 앉았다. 그리고 어머니가 챙겨 주신 도시락을 열었다. 대나무 껍질로 싼 큰 주먹밥 한 덩어리가 들어 있었다. 어느 순간에 그 주먹밥이 무릎에서 툭 떨어져 버렸다. 그리고 운도 없이 주먹밥이 굴러 연못 속으로 가라앉아 버렸다. 이젠 후회해도 어쩔 도리가 없었다. 그날은 아무것도 먹지 못하고 지냈다. 허기진 배를 움켜쥐고 우는소리를 할 수도 없고 단지 참을 수밖에 없었다. 집에 돌아갈 때까지 배에서 꼬르륵 소리가 났다. 그 소리를 알아챈 친구는커녕 위로해 주는 사람도 없었다.

그런 외롭고 어두운 나에게 웬일인지 다가와 준 일본인 친구가 한 명 있었다. 이름은 이시카와(石川)이고 이상하게 지금까지도 이름을 기억하고 있다. 그냥 친해져서 함께 놀거나 했다. 이시카와 군의 어머니가 가난한 한국 아이가 있다는 얘기를 듣고 안됐다고 생각했는지 "한번 집에 데려와 봐라, 밥이라도 같이 먹게"라고 했다고 한다. 식사하기 전에 이시카와 군의 어머니가 상냥한 말을 건네주어서 무척 기뻤다. 이렇게 친절한 일본 사람도 있구나! 그러나 그때는 감사의 말 한마디도 제대로 못 하고 남의 집에 아무 선물도 없이 방문한 데다가 또 집에 돌아와서도 감사하다는 전화 한 통도 하지 않았다. 물론 그때 집에 전화도 없었지만. 그런 일본의 습관에 관해서 부모님은 전혀 인연이 없었고 나 자신도 알 길이 없었다.

어느 날 이시카와 군이 나에게,

"김 군은 한국 사람 같지 않고 일본인 같아."

호의로 나를 칭찬해 준 말이지만 어린 마음에는 뭐라고 할 수 없는 복잡한 감정에 휩싸여서 솔직히 기쁘지만은 않았다. 분명히 그의 의식 속에는 일본인은 우수하고 한국인은 열등하다는 민족적인 편견에 의한 것이라고 생각되었다. 이시카와 군과는 그 이후 자연스럽게 멀어졌다.

아버지의 일

내가 어린 시절 아버지는 여러 가지 일을 전전했다.

초등학교 몇 학년 때인지는 모르겠으나 아버지는 돼지를 키운 적이 있다. 교회에서 내려다보이는 시모노세키 교도소 근처의 가파른 기슭 중턱에 돼지우리를 만들어 돼지 몇 마리를 키우고 있었다. 새끼를 키워서 업자에게 팔아넘기는 것이다. 돼지를 키우는 것은 굉장히 힘든 일이다. 매일 먹이를 주어야 하고 돼지 축사 청소도 매우 힘들다. 분뇨 범벅이고 악취도 나는 축사를 수돗물로 깨끗이 씻고 돼지 몸에 달라붙은 오물을 떨어내고 마지막으로 짚을 깔아서 잘 곳을 만들어 준다. 그런 악취 속에서 아버지는 매일 묵묵히 작업을 했다.

일은 그것만은 아니었다. 돼지 먹이가 되는 음식물쓰레기를 모아야만 했다. 어느 날 아버지의 일을 도와드린 적이 있다. 리어카를 끌고 시내 음식점을 돌아다니면서 통마다 음식물쓰레기를 모아 긴 언덕까지 끌고 올라가, 돼지우리까지 운반해야 하는 일이다. 돼지들은 배고픔을 견디기 어려운 듯 날카로운 울음소리를 내면서 먹이에 달려들었다.

내 역할은 거리에서 리어카 뒤를 밀어 드리는 것이었다. 작은 아이인지라 큰 도움은 되지 않았을 것이다. 지금 생각하면 소중한 아들과 함께 있고 싶고 아버지의 일을 아들에게 보여주고 싶었던 부모 마음이었던 것 같다. 아버지의 부드러운 모습이 떠오른다. 리어카의 뒤를 밀 때는 다른 사람이 못 알아보도록 얼굴을 숙였다. 시내의 음식점 거리에는 많은 동급생이 살고 있었기 때문이다. 리어카를 미는 모습을 들키고 싶지 않은 마음뿐이었다. 더러운 돼지사육집 아들이라고 경멸을 당하는 것이 무서웠다. 다행히 동급생이 알아차리고 말을 건 적은 없었다. 아마 알았다 해도 무시했을지도 모른다. 그러나 아무리 일이지만 분뇨 범벅의 일을 묵묵히 계속하는 아버지가 안쓰럽고 측은했다.

또 음식물쓰레기를 모으러 어느 우동제면 공장에 간 적이 있다. 아버지는 우동 자투리를 모아서 리어카에 싣는 작업을 하고 있었다. 나는 공장 안에서 어슬렁거리면서 우동제면 기계를 돌아보고 있었다. 매우 신기해 보였다.

기계 하나가 눈에 들어왔다. 그것은 판 모양의 면을 만드는 기계였다. 반짝반짝 빛나는 금속통이 두 개나 있어 각각 안쪽으로 회전하고 있었다. 거기에 면 가루를 넣으면 판 모양의 면이 나오는 것이다. 그 금속통의 표면이 번쩍번쩍 이상하게 빛나고 있어서인지 빨려 들어가듯이 그 기계 안에 순간 손가락을 넣어버렸다. 그 순간 손가락 몇 개가 빨려 들어가게 되었다. 조금 손가락이 빨려 들어가는 순간, 재빨리 기계에서 손가락을 잡아 뺐다. 그러나 오른손 두 개 손가락에 극심한 아픔이 느껴졌고 손가락에서 피가 나는 것을 보고 맹렬하게 울부짖었다. 그 소리에 놀라서 달려온 아버지는 나를 병원에 급히 데려가서 엑스레이 검사를 했다. 다행히 손가락뼈에는 이상이 없어서 지혈만 하고 집으로 돌아왔다. 아버지 얼굴은 몹시 창백했다.

아니나 다를까 집에 가자마자 어머니가 "어린아이를 그런 위험한 곳에 데려가서 다치게 하다니"라고 아버지에게 심하게 화를 냈다. 아버지는 그 일로 상당히 충격을 받으셨는지 그 이후는 작업장에 나를 데리고 다니는 일은 전혀 없었다. 아버지에게는 지금 생각해 봐도 대단히 죄송하다고 생각하고 있다.

그 오래된 상처는 70대 중반이 된 지금도 남아있다. 그러나 이제는 아버지와의 그리운 추억의 한 부분이다. 그 후 아버지는 일용노동자나 군고구마 장사, 한국과의 사적 무역 등 많은 직업을 전전했다. 살기 위해서는 다른 선택의 여지가 없었다.

경찰의 보호관찰

우리 부모님은 빠듯한 살림살이 속에서도 특히 나에게는 다른 남매 이상으로 애정을 쏟아 주셨다. 단지 하나밖에 없는 아들이었기 때문이다. 당시 비싼 한약을 달여서 그 쓰디쓴 약을 먹으라고 강제적으로 마시게 한 것도 기억이 난다. 아마 좀 허약한 아들을 튼튼하게 키우기 위해 애정을 쏟았을 것이다. 다른 여자 형제에게도 그렇게 했는지는 기억나지 않지만, 한국의 정서상 특히 아들을 귀하게 여기는 전통이 있었기 때문이다. 그때는 그런 사정은 알 수 없었고 단지 쓴 약을 억지로 먹게 했다는 기억밖에 없다. 그러나 한약 속의 대추 단맛만은 이상하게 기억에 남아있다. 당시는 단맛에 굶주려 있었기 때문일 것이다.

이렇게 깊은 부모님의 애정을 받으면서 자라왔다고 생각하니 감사하기 그지없다.

그러나 심한 차별과 편견이 만연했던 사회 환경과 극빈층이라는 빈곤 속에서 아이들은 제대로 성장해서 어엿한 사회인이 되는 것이 가능했을까? 큰 의문이 생긴다. 빈곤과 차별 속에서는 그때그때 본능적으로 욕구에 따라 행동하기 쉬운 길을 선택하는 것은 지극히 당연한 귀결이 아닌가? 사실 나조차도 못된 장난이나 좀 도둑질을 하는 일상을 보내고 있었다. 나 자신의 나쁜 짓이나 비행을 환경 탓으로 하고 싶지는 않지만, 내가 저지른 사건에 대해 기술해보고자 한다.

어느 날 나가토(역주: 長門 옛 지방 이름, 현재 야마구치현 서북부)시장 근처에 있는 영화관에 간 적이 있다. 돈도 없었는데 어느 순간에 몰래 들키지 않고 들어간 것 같다. 무슨 영화였는지 전혀 기억나지 않지만 앞자리에 혼자 앉아서 영화를 보고 있었다. 우연히 문득 옆자리를 봤더니 작은 가죽 핸드백이 있었다. 누군가 잃어버리고 간 것이다. 그것을 경찰에게 가져다 줘야 한다는 생각은 전혀 떠오르지 않았다. 안을 보니 백화점 신용카드가 있었다. 지갑이 있었는지 아닌지는 잘 모르겠다.

그것을 가지고 시모노세키 근처 백화점에 갔다. 잘 생각나지 않지만 카드로 뭔가 필요한 것을 사려고 했던 것 같다. 당연히 점원이 수상히 여겨 앉아서 기다리라고 했다. 기다리고 있자 곧 경찰이 왔다. 그리고 그대로 순찰차에 태워져 경찰서로 끌려가서 이것저것 심문을 당했다. 어디서 훔친 것이냐고 해서 솔직히 영화관에서 주운 것이라고 말했으나 전혀 믿어주지 않았다.

얼마 동안 강도 높은 조사를 받은 후에, 별실에서 전후좌우 얼굴사진을 찍혔다. 완전히 범죄자 취급을 당했다. 그러나 초등학생이고 초범이라서 범죄가 아니라 소년비행에 대한 선도관찰로 끝나게 되었다. 결국 방면되었다.

경찰서에서 집에 걸어서 간다고 우겼으나 들어주지 않았다. 혼자서 간다고 한 것은 부모님에게 이런 사실을 알리고 싶지 않았기 때문이다. 경찰은 나를 강제로 경찰차에 태워 집 근처까지 데려갔다. 그리고 부모님께 카드 사건에 대해 전하고 다시 비행사건을 일으키지 않도록 엄중히 경고하고 돌아갔다. 부모님은 하늘이 노랗게 보이셨을 것이다. 경찰관에게 무릎을 꿇고 머리를 조아리면서 사과했다.

경찰이 간 후에 나는 부모님에게 잡혀서 집으로 끌려갔다. 부모님은 큰소리로 탄식하면서 심하게 나를 꾸짖었다. 그리고 종이쪽지에 '이제 두 번 다시 나쁜 짓은 하지 않겠습니다'라고 적게 해서

▲ 1957년 3월 초등학교 5학년 기념사진

지장까지 찍도록 했다. 그리고 그 종잇조각을 잘 보이게 온돌방의 벽에 붙였다. 겨우 잠을 자는 것이 허락되어 예상치도 못했던 일에 너무 피곤해서 곧 잠이 들었다.

이것으로 나쁜 짓을 그치면 좋았겠지만, 다음날이 되면 또 까맣게 잊고 놀러 나가거나 나쁜 일을 꾸밀 장소를 생각해내는 꼴이었다. 전혀 생각도 없고 예의도 모르는 장난꾸러기였다. 용케도 이 모양으로 어떻게 소년원에 가지 않았을까 생각한다. 뻔뻔스럽기 이를 데 없다.

한편, 초등학교 고학년일 때 신문배달원을 모집한다는 정보를 어떻게 알게 되었다. 100부 정도의 석간신문 배달이었다. 그렇게 많은 집을 외우는 것은 자신이 없었으나 그냥 응모했더니 채용되었다. 처음 한두 번은 가게 사람이 같이 가 주었으나 그 뒤부터는 혼자서 배달했다. 필사적으로 처음의 길 순서를 떠올리면서 겨우 무사히 돌리고 끝냈다. 그래서 신문 배달을 한동안 해보기로 했다. 몇 개월 동안 쏠쏠한 용돈벌이도 되었고 또 좋은 경험이었다.

정확한 이유는 모르겠으나 어머니께서 한 10일 정도 갑자기 집을 비우신 적이 있었다. 내가 이유도 모른 채 집안일을 하게 되었다. 저녁식사 준비다. 아버지가 일로 낮에는 부재여서 학교에서 일찍 귀가하는 내가 저녁 준비를 했다.

오늘날처럼 전기밥통도 없던 시대이다. 옛날 주물로 만든 가마솥에 쌀을 넣고 여러 차례 물로 씻는다. 밥물은 눈대중으로 재고 가마솥을 놓고 오래된 신문지 위에 장작을 올리고 성냥불을 붙인다. 겨우 불이 붙으면 잠시 동안 불 세기를 조절한다. 나중은 어떻게 했는지 기억도 안 난다. 겨우 밥을 끓였다.

저녁은 그 이상한 솜씨의 밥과 단무지 몇 조각이었고 된장국도 없었다. 그러나 저녁 무렵 밥을 차렸더니 아버지가 집에 돌아와서 매우 기뻐하시며 맛있게 먹어 주셨다. 작은 아이가 아궁이에서 밥을 짓는 것은 상상도 못 하셨을 것이다. 아버지의 기뻐하시는 얼굴을 보고 어린 내 마음도 기뻤다.

얼마 후에 어머니가 집에 돌아왔다. 한국에 볼일이 생겼기 때문이라고 들었으나 정확하지는 않다. 모두 원래의 일상으로 다시 돌아갔다. 아버지와 어머니는 각자의 일에 열심이었고 나는 또 원래 개구쟁이로 돌아왔다. 근처 신사의 새전(역주: 신불에 참배하여 올리는 돈) 기부함을 훔치거나 신사 지붕의 동판을 뜯어내 훔치거나 밤에 국철 자료보관소의 펜스를 넘어 자료를 훔치는 등 다채로웠다. 시모노세키 설탕정제공장에서 떨어진 설탕 조각을 모으기도 했다. 내가 다니는 초등학교 건물에 몰래 들어가 훔치기도 했다. 이것저것 안 해본 것이 없다.

나쁜 짓만 하는 사이에 초등학교 6학년이 되었다. 그때 담임은 남자 교사였다.

그 선생님 덕분으로 내 인생이 바뀌었다고 지금도 느끼고 있다. 이름도 생각나지 않고 친근하게 말을 주고받은 적도 없다. 그런데도 내 생활이 크게 바뀌게 되는 계기를 만들어 주신 선생님이다. 어린 시절을 회상할 때마다 이 선생님을 안 떠올릴 수가 없다.

6년간의 초등학교 생활기록부는 항상 형편없는 성적이었다. 수업도 제대로 듣지 않고 변변히 교과서도 펴보지 않고 숙제 등은 눈속임으로 적당히 해온 불량소년의 성적이 좋을 리가 없다. 성적표는 항상 5단계 평가로 양이 대부분이고 미가 조금 있을 정도였다. 진정한 열등생이었다.

어느 학기인가 생활기록부에 놀랍게도 수가 하나 있었다. 내 눈을 의심했으나 틀림이 없었다. 무슨 과목이었는지는 기억나지 않으나 선생님의 감상문에 '이 아이는 하면 할 수 있다'고 짧은 문장이 적혀져 있었다. 그것을 보고 그때까지 무엇 하나 내세울 것도 없고 열등감 덩어리였던 내 마음에 한 줄기의 서광이 비쳐왔다. 자신의 가능성을 지적해 칭찬받은 것은 난생처음 있는 경험이었다. 선생님 말씀과 같이 나도 하면 할 수 있다는 기분이 점점 강해졌다.

선생님은 그냥 하신 말씀이었을지도 모르나 나에게는 대단한 격려가 되었다. 그 후 책상에 앉아서 공부하는 시간이 많아졌다.

면학에 정진하게 된 것이다. 나에게 있어서 인생의 큰 전환기가 되었다.

그럭저럭 겨우 초등학교를 졸업하고 중학생이 되었다.

03
중학교에서 고등학교로

이름을 '가네무라'로 변경

초등학교 시절의 기억은 괴로운 것뿐이었다. 즐거웠던 일도 그 나름 있었겠지만 전혀 기억이 나지 않는다. 인간은 즐거웠던 것보다 고통스러운 체험이 더 기억에 남는다. 아니면 내가 성격이 삐뚤어져서 피해망상에 빠진 것일지도 모른다.

여하튼 초등학교 시절은 본명인 '김'으로 학교에 다닌 관계로 노골적인 민족차별에 마주쳤다. 거기에 극심한 빈곤에서 온 고통과 걱정에 게다가 열등감마저 있었다.

그런 상황에서 조금이라도 벗어나고 싶어서 중학교 입학 후에는 한국인인 것을 알아차리지 못하도록 노력했고 일본인 성씨인 가네무라(金村)로 다녔다. 그것은 내가 원한 것이 아니라 부모님이 아이의 심정을 보다 못해 그렇게 해준 것이다.

그러나 일본 이름을 쓴다는 것은 겉만 바꾼 것일 뿐 아무런 효과도 없었다. 주변 일본인에게는 한국인이라고 들통 날 수밖에 없었다. 그러나 아버지의 통명이 가네무라였기 때문에 어쩔 수 없이 받아들였다.

그것이 후에 정신적으로 큰 갈등을 낳아 원래부터 가지고 있던 열등감이 더 심해지는 결과를 초래했다. 오히려 한국인이라고 들키지 않을까, 들켜버리면 어떡하지 등등 불안감이 더욱 심해졌다. '머리는 숨겼지만 꼬리는 드러난다'는 말과 같이 참으로 우스꽝스러운 상황이었다.

이와 같은 일본식 이름 사용은 도리어 민족적 열등감을 마음속까지 심어 상처를 주었다. 나는 하찮은 인간이고 살아갈 가치도 없는 인간이라는 의식을 심어주었다. 그렇게 마음먹자 이런 인간으로 낳은 부모에 대한 원망이 강해졌다. 왜 한국인으로 낳았는가, 왜 일본인으로 낳아주지 않았는가, 부모님을 거꾸로 원망해버렸다. 일본 이름 때문에 생긴 인격 왜곡에 따른 반응이었다.

이런 경우, 대부분은 자신의 정체성에 혼란이 오고 복잡하게 되어 자신을 잃어버리는 결과를 가져온다. 깊은 절망과 열등감을 마음속 깊은 곳에 감추고 자신을 자학하거나 자신의 길을 잃어버린다. 그 결과로서 사회적으로 뒤떨어져 비행이나 범죄로 치닫게 되는 경우가 많다. 사실 비행그룹이나 폭력단에 들어가 폭력사건을 일으켜 최악의 경우 목숨을 잃어버리게 되는 경우도 많다. 일본인 이름을 쓴다고 해도 대개 문제가 더 복잡해질 뿐이다.

그렇기 때문에 재일한국인 2세로서 정상적으로 살아가는 길은 극히 한정적이라고 말할 수 있다. 재일로서 살아남기 위한 길은 단순화하면 반사회적인 폭력단이든지 스포츠선수나 예능인 혹은 공부하는 것 정도일 것이다. 자본이 있으면 장사를 시작할 수도 있으나 가난한 사람에게는 애당초부터 불가능한 일이다.

면학의 길로 돌진

중학교 입학 후에도 초등학교 6학년 때 담임선생님의 격려가 계속되었다. 마음속 깊은 곳에 자리 잡은 열등감을 껴안은 채, 그 것을 어떻게 해서라도 극복하고 해소하기 위한 것이었을까? 공부 를 해서 자신을 되찾고 싶은 에너지가 폭발했던 것이다. 학업성적 을 올려서 선생님이나 다른 애들에게 인정받아야겠다고 생각했다.

더욱이 나 자신의 경우, 한국인에다가 가난뱅이라고 무시당해 그 원망이 강했던 만큼 '여태까지 나를 하대했던 놈들에게 되갚 아주겠다'는 투지가 강해서 오히려 공부를 하려는 마음이 강했다. 이것은 열등감의 이면에 자리 잡은 지나친 우월감이기도 했다. 열 등감이 강하면 강할수록 반대로 우월감도 지나치게 강해진다. 그 러나 그 당시 나는 그것이 기분 좋았다.

그래서 중학교 입학 후에는 오로지 공부에만 전념했다. 목적은 무슨 일이 있어도 시험에서 좋은 점수를 따는 것 그것이 전부였 다. 당한 만큼 되돌려주고 싶고 인정받고 싶은 악착스러운 마음뿐 이었다. 따라서 중학교에 가고 나서 내 생활태도가 확 바뀌었다.

▲ 1959년 고요(向洋)중학교 기념사진

비행소년인 악동이 우등생으로 180도 바뀌었다. 부모님은 그 변모를 보고 놀랐을 것이다. 그러나 아무 말 없이 따뜻하게 지켜봐 주시기만 했다. 감사하기 그지없다.

중학교에 입학한 후 열심히 노력한 보람이 있어서 성적은 쭉 향상되어 갔다. 최종 목표는 전부 수를 받는 것이었다. 그리고 전 학년 실력테스트에서 1등이 되는 것이었다. 유감스럽게도 전과목 성적은 한 과목을 빼고는 전부 수를 받았으나 그림공작 과목만 우를 받았다. 그림 담당 여자선생님이 풍경스케치를 하는 내 그림을 보고 "노력하는 것은 잘 알겠으나 조금 더 해야겠네"라고 위로해 준 적이 있었다. 나에게는 그림 솜씨가 없다는 것을 알았다. 이 점수도 열심히 노력해서 얻어진 결과라고 체념하였다.

한편, 전 학년 공통 실력테스트 성적은 학년의 1, 2위를 겨룰 정도가지 올라갔다. 몇 번인가 1등을 했을 때는 정말로 하늘이라도 올라간 기분이었다. 그 체험이 다시 공부할 활력소가 되었다. 그렇게 되자 이제 어느 누구건 나를 다시 한번 봐주게 되었다. 우월 감에 젖어 들었다.

선생님들과 애들 사이에서도 소문이 난 듯 나를 대하는 태도가 왠지 다르게 느껴졌다. 그러나 어떻게 공부했는지는 분명히 기억나지 않는다. 단지 교과서를 잘 읽고 예습과 복습을 거르지 않고 열심히 공부했던 것은 아닐까? 참고서를 사용한 기억도 없고 물론 오늘날과 같이 학원 등은 나에게는 가당치도 않은 일이었다.

영어교사의 심부름

영어 수업시간에 선생님께서 돌연 내 이름을 불렀다. 손짓하면서 부르시기에 조심조심 선생님 곁으로 가자 나에게 부탁을 했다. 지금부터 직원실에 가서 선생님 책상 속의 외출허가증을 가지고 본인 대신 걸어서 30분 걸리는 시립병원에 가서 약을 받아오라고 했다. 수업시간 중에 말이다. 보통 수업 중에 교실을 빠져나가거나 심지어 학교 밖으로 나가는 것은 대단히 긴급한 일이 아니면 보통은 허락되지 않는다. 깜짝 놀랐지만 선생님의 지시에 따랐다. 그래서 선생님 영어 수업은 전혀 들을 수가 없었다.

나중이 되어서 생각해보니 "너는 수업을 안 들어도 잘하니까 선생님 심부름을 해 주어도 된다"는 선생님의 생각에 미치었다.

그 정도로 나를 믿고 신뢰해 주셨다고 생각하자 정말로 우쭐한 기분이 들었다. 이런 일이 그 후로도 몇 번이나 있었다. 그때마다 영어 수업은 못 들었지만, 영어 실력테스트는 항상 거의 만점에 가까웠다. 그래서 선생님도 안심하고 보통은 생각할 수 없는 신뢰를 주셨다고 생각한다. 오늘날에는 학생에게 수업시간에 심부름을 시키는 것은 물론이고 더욱이 선생님의 개인적인 일로 밖에 외출하는 것은 생각할 수도 없는 일이다. 그 시절은 아직 목가적이고 어느 부분에서 너그러운 분위기가 남아있던 시대였을지도 모른다. 그 후에도 그 전에도 이런 체험은 해본 적이 없다.

오다 겐지 선생님

중학교 2, 3학년 때의 담임교사는 오다 겐지(小田堅次) 선생님이었다. 선생님은 내 처지를 가엾게 여기시고 때때로 가정방문도 해주셨다. 부모님은 몹시 황송하게 생각했다. 재일생도가 차별 때문에 고교 진학이 불리하게 되지 않을까 걱정도 해 주셨고, 목표로 하는 고등학교(야마구치현립 시모노세키 니시고등학교: 山口県立下関西高)까지 친히 가서 교장 선생님께 배려해주실 것을 부탁드렸다는 얘기도 나중에 들었다. 정말 감사했다. 열심히 노력하면 길이 열린다는 말을 실감했다. 오다 선생님은 나에게는 첫 번째 은사라고 할만한 분이다. 대학생이 돼서도 사회인이 되어서도 이따금 안부인사차 시모노세키 외곽의 조후(長府)에 있는 선생님 자택을 방문하

▲ 1961년 히노야마공원(火の山公園 시모노세키시)에서 왼쪽 끝이 오다 선생님

▲ 1961년 가을 중학교 수학여행(교토시) 오른쪽 끝이 오다 선생님

곤 했다.

그때마다 사모님과 가족 모두 친절하게 대해 주셔서 진심으로 감사했고 더욱더 노력할 용기를 받았다. 선생님은 독실한 불교신자로 검도를 익히고, 시를 지어서 시집을 짓고 계셨다. 또 유화를 그리는 것이 취미여서 작은 유화 작품을 주시기도 했다. 순수하고 비뚤어진 것을 싫어하는 고결한 분이었다. 교실이 시끄럽고 통제가 안 될 때는 학생들 앞에서 본인의 부족함을 탄식하면서 분필이든 나무상자로 자신의 손을 때리기도 했다. 학생들은 순식간에 조용해졌다. 자신에게는 엄격하지만, 타인에게는 부드러운 애정이 넘치는 선생님이셨다.

또한 오다 선생님은 항상 겸손하고 다정다감한 분이었다. 초등학교 6학년 때 담임선생님의 격려를 비롯하여 오다 선생님과 같은 훌륭하신 일본인이 있다는 것에 진심으로 감사했다. 편견과 차별 없이 인간성에 기인하는 교육을 직접 보여주셔서 내 인생에 큰 힘과 희망이 되었다. 너무 큰 사랑을 받았다. 이런 은사님을 만날 수 있었던 것은 나에게는 큰 행운이었고 보배 같은 선물이었다고 생각한다. 역시 인생은 만남의 연속이라는 것은 명언 중의 명언이다.

고등학교 생활

최상위의 성적으로 중학교를 마치고 무사히 원하던 고등학교에 진학할 수 있었다. 그러나 고등학교는 야마구치현에서 서열 1,

2를 다투는 진학 고등학교여서 시내의 많은 수재들이 모여 있었다. 역시 위에는 또 위가 있는 법이고 수재들이 많아서 그런지 열심히 공부해도 중학교 때와는 달랐다. 세상에는 똑똑하고 우수한 사람이 많이 있다는 것을 처음으로 느꼈다. 중학교에서는 열심히 공부를 하면 가장 좋은 성적을 낼 수 있었는데 고등학교에서는 노력만이 아니라 더 다른 방법이 필요했다. 아마 그것은 대학 진학을 위한 학원이나 개인 지도였을 것이다.

하지만 나는 가정형편이 어려워서 그런 것들은 무리였다. 그래서 학원 대신에 야간라디오채널의 대학수험강좌를 들었다. 매일 밤 대학수험용 교재를 숙독하고 집중학습을 했다. 그리고 2, 3학년 차에는 'Z회'라는 통신 첨삭지도를 해주는 통신교육을 이용했다. 그것은 도쿄대학이나 교토대학과 같은 전국 최상위 대학을 지망하는 학생이 많이 이용했다. 우수하고 필사적으로 노력하는 학생이 전국적으로 보면 정말로 많이 있다는 것을 실감했다. 비용도 비교적 저렴해서 이 두 가지 방법으로 학력 향상을 위해 노력했다. 항상 밤늦게 잤기 때문에 아침에는 못 일어나서 어머니가 억지로 깨워 주셨다. 수험생의 어머니도 고단하다.

고등학교에 입학했을 때는 한 학년 400명 중에 30등 정도였으나 열심히 노력한 덕분에 졸업할 때에는 10등 안쪽으로 들어왔다. 한번은 성적우수상을 받은 적이 있다. 그러나 아무리 노력해도 따라가지 못할 나무가 있다는 것을 깨달은 것도 고등학교 때였다. 모든 에너지를 면학에 다 쏟아부어도 이 결과였다. 내 능력의 한계였을 것이다.

▲ 1962년 3월 고등학교 졸업기념 사진

　마침내 대학 진학과 학부를 정할 때가 왔다. 부모님은 변함없이 지켜볼 뿐 일체의 간섭도 조언도 하지 않았다. 물론 시골구석에서 가장 수재였던 나였지만, 미래를 생각할 그 어떤 정보도, 곁에서 조언해줄 사람도, 아무것도 없었다. 국립 규슈대학(九州大学)을 선택한 것은 현역으로 대학에 입학하고 싶었던 것이 가장 큰 이유였다.

　만일 불합격이 되어 재수라도 하게 되면 부모님께 경제적 부담을 주기 때문에 아무래도 재수는 피하고 싶었다. 또한 한시라도 빨리 입시공부의 고통에서 해방되고 싶은 마음도 간절했다. 진학 모의고사에서 누나가 시집가서 살고 있던 교토의 교토대학 의학부는 50%의 합격 확률이었고 후쿠오카의 규슈대학 의학부는 75% 확률로 거의 합격선에 가깝다는 평가였다. 목표는 교토대학

(京都大学)이었으나 현역 합격이 최우선 조건이었기 때문에 결국 규슈대학 의학부로 결정했다. 미끄럼 방지용의 다른 대학은 전혀 생각이 없었다. 규슈대학도 국립이어서 수업료가 1만 2천 엔으로 매우 저렴했다. 게다가 보호자가 저소득인 경우는 수업료 면제제도가 있어서 대단히 도움이 되었다.

왜 의대를 선택했던가? 그 당시는 명확하게 의사가 되고 싶은 동기나 의지는 없었다. 그 무렵은 지금과 다르게 일본의 고도 경제성장에 맞춰서 공학계열이 인기였다. 인기 학과는 전기공학, 항공공학, 기계공학, 토목공학, 건축공학 등에 더해서 조선학과(造船学科), 원자핵공학 등 다채로운 학과가 있었다. 그래서 우수한 수험생이 많이 몰려들었다.

의학부는 이들 공학부만큼은 인기가 있지 않았지만, 그 나름 들어가기는 쉽지 않았다. 나는 인간의 혈액, 즉 피 등은 왠지 보고 싶지도 않고 무서워했기 때문에 자신도 없었다. 그러나 앞으로 의사자격증이 있으면 이 혹독한 일본 사회에서 살아가는 데 유리할 것이라는 마음이 있었던 것도 부정할 수 없다. 또한 인간의 목숨을 구한다는 대의명분도 있었다.

여하튼 성적도 그럭저럭 괜찮았고 사회적으로 어느 정도 평가도 받고 또한 경제적으로도 여유가 있는 직업으로 생각되어 최종적으로 의학부를 선택했다. 그 결정을 부모님에게 전하자 기뻐해 주셨다. 하나밖에 없는 아들이 의사가 된 덕분에 주변 사람들이 무시하지 않고 잘 대해주게 되었다고 어머니가 나중에 말씀해 주셨다. 그때까지 못산다고 하대해서 몹시 괴롭고 굴욕적인 기분이었던 것이다. 빈곤에 허덕이면서 생활을 유지하는 것이 고작이었기 때문에 교회 사람들에게도 근처 동포 사이에서도 왠지 주눅이 들고 괴롭고 분한 일들이 많이 있었을 것이다.

그런 의미에서 내가 의대를 선택한 것은 정말로 행운이라고밖에 달리 말할 수 없다. 사실 대학 입학 후 여러 사람에게 들은 이야기는 북 규슈 출신인 우수한 재일 한국 젊은이 중 당시 가장 인기가 있었던 공학계열을 선택한 사람들은 예외 없이 취직에 고전하거나 장래의 전망이 불투명해서 매우 비관적인 상황이었다.

일본 사회는 그들을 쓸모없는 인간으로 취급했다. 그들의 능력을 활용하는 일은 없었다. 사회가 애당초 문전 박대했던 것이다. 그런 환경 속에서 재일 한국 청년 대부분은 1959년부터 약 15년간 이어진 '북조선귀환사업'에 참가했다. 결국 약 9만 3천 명의 사람들이 북한으로 귀환했다. 이 귀환사업은 조선총련이 주체로 '북한은 지상의 낙원'이라고 대대적으로 선전하면서 귀국 희망자를 모집했다. 또 일본적십자사와 전국의 매스컴 그리고 일본 정부까지 힘을 합쳐서 북조선귀환사업은 하나의 대국가사업이 되었다. 이 북송사업이 추진됐을 때, 재일한국인의 젊은 과학자와 우수한 기술자들이 북한의 발전을 위해서라고 응모한 것이다.

일본 입장에서 보면 방해꾼이 사라져주는 것이기 때문에 트집을 잡을 필요가 없다. 일본 사회는 재일한국인에게 너무나 혹독하고 냉담했다. 물론 한국을 지지하는 민단에서는 북송 사업을 강경하게 반대했으나 북송 추진을 위한 대합창 앞에서 그 소리는 순식간에 사라졌다. 북송 후 그들은 어떻게 되었을까? 결국 그들 대부분은 북한에서도 능력을 발휘할 기회는 없었다. 단지 노동력 부족을 채우기 위한 하층 노동력으로 취급당했다. 오히려 자본주의에 물든 패거리로 오인되어 차가운 시선으로 차별당하거나 불평을 하면 심한 탄압을 받았다. 가련하고 불행한 길을 걸어간 사람들이 많다.

규슈대학에 입학한 우수한 공학계 학생으로 북한에 귀환한 동포들도 비참한 운명에 이르렀을 것이다. 그들의 비참한 만년을 생각하면 동정심과 동시에 일본 사회에 대한 분노가 끓어오른다. 특히 일본 매스컴의 책임은 크다고 할 수 있다. 귀환운동은 현지의 실정이나 재일동포의 생활 실태가 밝혀지자 매스컴의 열기는 급속도로 식어서 결국 자연히 소멸되었다. 지금까지도 조선총련은 일체의 책임을 인정하지 않고 있다.

내 경우는 오로지 면학에 힘써 고등학교를 우수한 성적으로 졸업하고 무사히 대학입시에도 합격했다. 합격자 발표에서 내 이름을 본 순간 무심코 만세라도 부를 정도로 기뻤다. 주변의 많은 재일한국인이 축하해 주셨고 무엇보다도 부모님이 기뻐하셨다. 은사인 오다 선생님도 기뻐해 주셨다. 자, 드디어 부모님 곁을 떠나 미래로 향해 새로운 생활을 시작한다는 긴장감과 더불어 기쁨이 커져갔다. 주위에서도 선망의 눈길로 바라보았다. 딱히 내세울 것 없는 가난한 집에서 의대에 들어갔다고 '개천에서 용 났다'고 부러워했다.

재일한국인으로서 앞으로 일본 사회에서도 충분히 활약할 수 있다는 것을 보여주겠다는 포부로 가득 차 있었던 때였다.

04

대학 생활

교양학부 생활

1965년 3월(18세) 야마구치현립 시모노세키 니시고등학교를 졸업하고 4월부터 후쿠오카에 있는 규슈대학 의학부에 입학했다. 처음 2년간은 교양학부가 있는 롯폰마쓰(六本松) 캠퍼스에서 교양과목을 이수하고 3학년부터는 마이다시(馬出)에 있는 병원캠퍼스에서 의학을 수련하는 시스템으로 되어있다.

대학에 들어가서 크게 바뀐 것은 부모님 곁을 떠나 처음으로 혼자 생활한 것과 그때까지의 이름인 가네무라를 버리고 본명인 김장수(金長壽)로 이름을 바꾼 것이다. 솔직히 차별이나 편견이 많은 가운데 통명을 버리고 한국 이름을 그대로 쓰는 것은 상당한 결심이 필요했다. 이것은 나 스스로 결정한 것이다. 일시적으로 괴로움을 겪어도 마음속은 편했다. 내면적으로 자신을 기만하지 않아도 되기 때문이다.

다소의 불안을 안고 새로운 대학 생활이 시작되었다. 아는 사람도 없다. 혼자서 차근차근 입학 수속을 마치고 학생증을 받았다. 입학식에 간 기억은 없다.

롯폰마쓰의 하숙집은 학내의 모집광고를 보고 신청했다. 다행히 재일한국인이라는 이름도 문제 삼지 않아서 안심했다. 일반시중에서는 외국인 특히 한국인 사절이 보통이었기 때문이다.

하숙집은 걸어서 그렇게 먼 거리는 아니었지만, 좁은 3조(다다미 3장의 크기) 정도의 방으로 벽은 베니어판으로 칸막이를 하고 있었다. 완전 팔랑팔랑한 느낌으로 작은 침대와 책상을 놓으면 꽉 찼다. 옆방의 소리도 다 들렸다. 목욕이나 화장실은 물론 공용이었다. 식당도 변변치 못하고 집주인이 학생을 상대로 돈벌이를 하고 있는 느낌이었다. 하숙비도 결코 싸지 않았다. 정말 후회막급이었다. 그러나 다른 선택지는 교양학부 부근의 기숙사밖에 없었지만 거기도 지저분하고 시끌벅적 정신이 없었다. 이런 환경 속에서 앞으로 2년간을 보내야 한다고 생각하니 쓸쓸하고 허무했다. 더욱이 친구도 없고 고독하고 불안했다. 정말 환멸을 느꼈지만 견디면서 참는 수밖에 없었다.

캠퍼스에는 몇 개의 건물이 늘어서 있을 뿐으로 살풍경한 모습이었다. 캠퍼스의 담장을 따라서 허술하게 동아리방들이 늘어서 있었다. 모두 지저분하고 어수선했다.

수업 시작하기 전에 교양과목으로 의학과는 관계없는 교과목을 등록했다. 필수과목과 선택과목이 있어서 2년간 일정 단위를 취득하면 3년 차부터 전문과정으로 옮기게 된다. 강의는 일부 어학(영어, 독일어)을 제외하면, 거의 200명 정도 들어가는 대강의실에서 했다. 뒤에 앉으면 강사 얼굴도 정확히 안 보일 정도였다. 필수과목 일부를 제외하고는 출석은 부르지 않았다. 따라서 대강의실에서는 적당히 뒷좌석에 앉아 졸거나 중간에 나가는 사람이 많았다. 면학에 정진하는 분위기는 전혀 아니었다고 해도 과언이 아니다. 단위는 교과서를 읽고 리포트를 제출하면 취득할 수 있었다.

이와 같은 학생생활에서는 자신이 집중할 수 있는 테마나 그 외 스포츠나 취미 등 동아리 활동을 찾아서 자발적으로 활동하는 것이 바람직하다. 그렇지 않으면 시간을 주체하지 못해 자기 자신을 잃어버리게 된다. 주위를 둘러보면 다른 학생들도 공부 외에 동아리 활동을 하는 친구들이 많았다. 그중에는 당시 사회문제가 된 신령통일교회(역주: 神靈統一敎会 일명 통일교, 1954년 문선명에 의해 설립)라는 이단 신흥종교에 빠진 학생도 있었다. 그들은 후에 행방이 묘연해져 도중에 퇴학하거나 캠퍼스에서 모습을 감추었다. 한편 학생운동이나 사회운동에 열중하는 학생들도 있었다. 당시는 한일 국교 정상화를 위한 한일협정조약(1965년)에 대한 반대시위가 자주 있었다. 반대의 명목은 조약을 체결하면 일본이 한국을 또다시 침략할 발판을 제공하게 된다는 것이었다. 당시 한국은 극빈국에서 벗어나지 못한 상황이었고 경제재건을 내세운 박정희 대통령의 군부독재를 비난하는 풍조가 강했다. 일본 정부를 향한 반감과 한국에의 차별감정, 혐한 감정이 뒤섞여 있던 것처럼 보였다.

당시 내 흥미를 끄는 동아리는 딱히 없었다. 그러나 아무 동아리라도 참가할 필요성을 느꼈다. 그렇게 하지 않으면 주위로부터 고립되어 자신을 잃어버릴 것 같은 불안을 느꼈다.

그래서 두 개의 동아리를 선택했다. 하나는 시모노세키교회의 연장으로 성서 공부를 하기 위해서 규슈대학 YMCA를 선택했다. 또 하나는 보트 동아리이다. 가늘고 긴 보트를 타고 전원 노를 저어야 한다. 4인용과 8인용이 있다. 이 보트부는 체력이 없으면 할 수가 없다. 정신 차리고 훈련해서 운동 부족 해소와 체력을 키우는 것이 목적이었으나 연습이 너무 힘들어서 계속할 수가 없었다. 여름 합숙에 한 번 참가한 후에 그만두고 말았다.

결국 규슈대학 YMCA 동아리에 전념하게 되었다. 이 동아리에 들어가고 얼마 후에 건국기념일 창설 문제가 일어났다. 전전(戰前)의 기원절(역주: 초대 일본 천왕인 진무 천황이 즉위한 날)의 부활이라고 해서 교양학부에서도 반대의 소리가 높아갔다. YMCA 내부에서도 반대의사표시를 하기로 결정하였다. 어떤 경위인지 대학 교양학부 자치회와 공동주최로 기원절 반대집회를 하기로 해서, 어느 날 학교 대강의실에서 집회가 열렸다. 나는 그 상황이 그다지 이해되지 않았으나 내가 YMCA 대표로 기원절 부활 반대 성명문을 낭독하게 되었다. 큰 반향은 없었다. 그리고 어이없게도 국회에서 곧바로 싱겁게 법안이 가결되어 버렸다. 이후 '기원절'에서 '건국기념일'로 이름만 바뀌, 2월 11일이 국경일로 지정되어 현재까지 쭉 이어지고 있다.

한편으로 주말에는 시모노세키 부모님 집에 돌아가서 얼굴을 보여드리고 교회 주일학교를 도와주거나 했다. 후쿠오카교회의 예배에도 출석해 보았지만 그다지 익숙해지지 않았다. 결국 나는 한동안 긴장감 없이 지냈다. 점점 롯폰마쓰의 하숙생활을 견딜 수 없었다. 1년간은 거기에 산다는 계약이었으나 멋대로 계약을 파기했다. 집주인에게 얘기하자 언짢은 듯이 얼굴도 쳐다보지 않고 "나머지 하숙비도 다 내고 나가라"고 차갑게 말했다.

즉시 후쿠오카시 히가시구 나지마(名島)에 있는 규슈대학 YMCA 기숙사에 들어갔다. 이 기숙사는 미국 선교사의 덕을 기리기 위해 모금한 기금으로 세웠다고 들었다. 그 미국 선교사는 '리퍼'라고 하며, 아오모리 하코다테 연락선인 도야마루(洞爺丸)가 태풍으로 침몰했을 때, 자신의 구명복을 다른 젊은이에게 양보해서 결국 돌아가신 분이다. 그 희생적인 정신을 기념하기 위해 기금이 만들어져 기독교 전도에 도움을 주는 목적으로 사용되고 있었다.

규슈대학 YMCA 나지마 기숙사에서의 생활

입학 후 반년 정도 지났을까? 기숙사를 신청했더니 빈방이 있다며 곧 허가가 났다. 기숙사에서 학교까지는 전철로 1시간 이상이나 걸렸다. 나지마역에서 덴진으로 와서 갈아타고 롯폰마쓰까지 상당한 거리였다. 기숙사는 국철 3호선의 나지마 다리 근처에 있었고, 방은 2명이 같이 쓰는 방으로 전부 8개 있었다. 십여 명이 있었던 것 같다. 식사는 기숙사 어머니가 만들어 주셔서 식당에서

▲ 1966년 1월 성인식 출석(규슈대 YMCA 나지마 기숙사 근처 공민관)

먹었다. 목욕은 공동이었다. 기숙사 어머니 부부는 기독교인으로 친절한 분들이었다. 고령인 남편은 기숙사의 정원 가꾸기가 낙이었다. 기숙사 어머니에게는 정말 많은 신세를 졌다. 거기에서 새로운 생활이 시작되었다.

경제적으로도 꽤 풍족한 시기였다. 이 무렵은 부모님도 경제적으로 조금 여유가 생겨서 2~3만 엔을 보내주셨는데 당시로서 적은 돈은 아니었다. 더욱이 재일 한국교회총회와 캐나다 기독교해외선교단에서 갚지 않아도 되는 장학금을 받았다. 덕분에 경제적으로 고통 받는 일은 없었다. 진심으로 감사의 말씀을 드리고 싶다.

기숙사 입소 후 얼마 후에 어느 큰 신문사의 취재를 받았다. 재일한국인이 의학부에 들어간 것은 당시로는 드문 일이었기 때문이다. 내가 무슨 말을 했는지는 잘 생각나지 않지만, 며칠 뒤 신문지면에 '재일한국인이라도 일본 사회에서 활약할 길이 열렸고 그것이 앞으로 한국과 일본의 상호이해를 위해 도움이 될 것이다'라는 기사가 나온 것은 기억이 난다. 일본 사회가 이 신문기사와 같이 재일한국인을 받아들이게 되는 헛된 기대를 품었으나 실제 현실은 전혀 그렇지 않았다.

YMCA 나지마기숙사에는 4년 정도 있었다. 교양학부 1학년 후반부터 의학부 5학년 중간까지의 기간이다. 기숙사생의 의무는 일주일에 한두 번 성서연구회에 출석하는 것뿐이었고, 나머지는 비교적 자유로웠다. 성서연구회에 열심히 참가한 적은 없는 것 같다. 오히려 나에게 귀중했던 것은 여러 학부생을 만나서 교류할 수 있었다는 점이다. 거기에서 사회의 여러 모습에 대해서 많은 것을 배웠다.

기숙사에는 재일 2세인 후쿠오카교회의 선배 최정강(崔正綱)이 사감으로 활동하고 있었다. 사감이라 하는 것은 기숙사생들의 생활을 도와주거나 상담을 해 주는 관리자이다. 최정강은 규슈대학 농학

▲ 1967년 기숙사 어머니와 기숙사 정원에서

부 출신이다. 대학 졸업 후 일본 기업에 취직하려고 면접을 봤는데 한국인은 필요 없다는 노골적인 차별을 받고 취직하는 것을 포기했다고 한다. 어쩔 수 없이 일본기독교학생연맹의 소개로 나지마 기숙사의 사감으로 들어왔다고 한다. 월급을 받았는지는 모르겠다.

그 당시 재일한국인에 대한 차별은 노골적이고 지독했다. 도쿄대 법학부를 나와도 어디에서도 받아주지를 않아서 어쩔 수 없이 신발가게의 점원을 했다고 하는 얘기도 들었다. 재일에게 일본 사회는 혹독했다. 살아가는 길은 스스로 사업을 하거나 부모의 가업을 잇는 수밖에 없었다. 고물장수, 작은 신발가게 혹은 파친코, 불고깃집(야키니쿠) 정도였다. 빈곤 속에 허덕이는 재일에게는 자본도 신용도 없이 사업을 일으키는 것은 생각도 할 수 없는 일이었다.

또한 사법시험에 합격해도 변호사가 되는 길은 막혀 있었다. 공무원도 국공립대학교원도 될 수 없는 가운데 유일하게 의료 관계 자격증만 취득할 수 있었다. 의사, 치과의사, 약제사, 간호사 등이다. 그러나 민간병원을 포함해, 국립병원에서는 관리직이 될 수 없고 만년 말단직을 각오해야 한다. 이 상황을 타파하기 위해서 이후에 차별해소를 위한 많은 재판이 반복되었다. 덕분에 현재는 변호사도 국공립대학의 교원도 될 수가 있다. 차별을 해소하기 위한 끈질긴 운동이 일본 사회를 변화시킨 것이다.

기숙사 생활 이야기로 다시 돌아오면, 재일한국인이라는 것이 기숙사에서는 큰 불이익을 가져오는 것은 아니었다. 어느 정도 이

▲ 1967년경 규슈대 YMCA 총회

단아와 같은 부분도 있었으나 대체로 친절하고 서로 한솥밥을 먹
는 동료였다. 물론 기독교인이 많고 성실한 학생들이었다. 그러나
거기에서는 재일 문제가 관심을 끄는 일은 없었고 개별적인 작은
문제로 받아들여졌다. 대다수의 관심거리는 소위 일본 사회의 큰
이슈가 되는 정치적 상황이었다. 나 자신도 재일 문제는 괄호 안
에 넣어서 봉인하고 그들의 테두리 속에 들어가 활동하게 되었다.
그러나 적잖이 위화감을 느낄 수밖에 없었다. 재일 문제가 계속
무시당하고 있는 것에 내심 불신감을 금할 수가 없었다. 그들 마
음속에서도 재일 문제는 단지 귀화해서 국적만 바꾸면 되는 문제
라는 의식이 강했던 것이었을까?

교양학부일 때는 학교 공부에는 전혀 흥미가 없었고 또 학교

도 멀어서 단위 취득을 위한 최소한의 출석에 그쳤다. 기숙사에서 다른 사생들과 술을 마시거나 담배를 피면서 쓸데없는 잡담을 하거나 때로는 사회문제를 토론하는 것이 훨씬 재미있었고 충실감을 느꼈다. 또한 그런 생활을 통해 귀중한 체험도 할 수가 있었다. '지쿠호(筑豊) 아이들을 지키는 모임' 활동과 또 다른 체험은 북 규슈 히라오다이(平尾台) 지역에서의 무의촌 의료봉사 활동이었다.

'지쿠호 아이들을 지키는 모임' 봉사활동

1960년대 후반, 전국대학 YMCA 사이에서는 사회 전체상황에 관심이 높아져 사회운동이 활발해졌다. 올바른 사회를 위해서는 사회활동을 통해 행동으로 직접 옮겨야 한다는 신념이었다. 그리고 그 선두에 선 사람은 시간적으로 여유가 있고 자유로운 대학생이 주축이 되었다.

당시 교토 도시샤대학(同志社大学) 신학부학생인 이누카이 미쓰히로(犬養光博)가 중심이 되어 '지쿠호(筑豊) 아이들을 지키는 모임'을 결성해, 그것이 전국대학 YMCA로 파급되었다. 규슈의 지쿠호 지역은 탄광산업을 통해 일본 전후의 고도성장을 이끌면서 번창했으나 그것도 오래가지는 않았다. 국내산 석탄 대신에 저렴한 수입 석탄이나 석유로의 전환에 따른 급격한 에너지혁명으로 갈팡질팡하는 사이에 많은 탄광이 폐광으로 내몰렸다. 마치 폭풍우에 두들겨 맞은 느낌이었다. 남겨진 것은 탄광 폐쇄 후 황폐해진 탄광지에 살고 있던 일자리를 잃은 탄광노동자와 그 가족들이었다. 정말로 사회의 거센 파도에 휩쓸려서 버려지고 내팽개쳐진 사람들의 군상이었다. 그들 대부분은 생활보호를 받으면서 근근이 생활을 이어가고 있었다. 그 시대에 남겨진 가장 큰 피해자는 폐광촌의 어린아이들이라는 관점에서, 이 아이들을 지키고 보호하자는 운동이었다.

여름방학에 많은 대학생이 그룹을 지어 지쿠호 폐광 지역에 직접 거주하면서 아이들 집을 방문해서 개인지도를 하는 교육활동이었다. 이것은 지쿠호 캐러밴부대라고 불렸다. 폐광 주민들은 학생 캐러밴을 흔쾌히 받아 주었다. 개인지도를 한 후에 식사를 대접받기도 했다. 기본적으로 몇 명 단위로 폐광지의 빈집을 빌려 자취생활을 하였다. 가끔 폐광촌 목욕탕에 가곤 했는데 조금 늦게 가면 물은 시커멓다. 다른 목욕탕도 마찬가지였다. 그런 물에 몸을 담그면서 현지인과 같이 생활을 하였다. 그것으로 왠지 만족감과 충실감을 느꼈다. 뭔가 세상에 공헌하고 있다는 충족감과 같은 것이었다.

나도 YMCA 기숙사 동료들과 지쿠호 이즈카시(飯塚市) 교외 폐광촌에 약 2주간 살면서 가정교사 봉사활동을 하였다. 빌린 탄광의 연립공동주택은 정말로 허름했다. 그 근처 초등학생이 있는 집에서 공부를 가르쳤다. 물론 그 집도 변변치 못했다. 그 집주인은 탄광을 그만둔 후, 거기에 살면서 택시기사를 한다고 들었다.

우리 부모님의 젊은 시절이 생각났다. 야마구치현의 오노다 탄광도 폐광의 소용돌이 속에서 사라져갔다. 그것은 부모님이 탄광

▲ 1967년 '지쿠호 아이들을 지키는 모임' 이즈카시 교외 폐광촌의 한 구석

을 그만두고 시모노세키로 옮겨온 후의 일이었다. 나 자신도 오노다 탄광 마을에서 이런 생활을 보내고 있었을지도 모른다는 생각이 뇌리를 스쳤다.

거기에서 성이 김이라는 학생으로 재일이라는 것은 화제가 되지는 않았다. 그 집 사람들이 배려해 주었던 것이었을까? 그래서 한국인이라는 것을 의식하는 일은 없었다. 20살 남짓 청년의 불타는 정의감에 의한 행동이었다. 별 대단한 일도 못 했지만 그 체험을 통해 큰 만족감을 느꼈다. 그러나 그것 이상으로 큰 무력감을 느낀 것도 사실이다. 일반사회가 그렇게 간단히 바뀔 것도 아니고 오히려 신세를 지게 되어 민폐였을 수도 있다. 그러나 나에게는 아주 귀중한 체험이었다고 생각한다. 일본 사회의 여러 문제에 대한 의식을 조금씩 갖게 되었다. 기숙사에 돌아온 후에도 한동안 그 학습지도한 소녀와 편지를 주고받았다. 따뜻한 마음이 담긴 내용의 편지였다.

들리는 소리에 의하면 모임의 전국리더 이누가이 신학생은 신학교 졸업 후 목사가 되었다고 한다. 그리고 이 모임활동을 일시적으로 끝내지 않기 위해서 지쿠호 지역으로 이주해서 기독교 전도부를 열었다. 작은 민가를 빌려서 집회를 열었으나 모이는 사람은 극히 적었다. 생활비는 날품팔이 노동으로 꾸려가고 있다고 들었다. 그 후에도 그분은 몇십 년이나 그대로 지쿠호에 살며 전도를 계속하면서 사회의 피억압자들이나 사회 구석으로 내몰리는 사람들, 가난하고 약자가 된 사람들을 위해 일했다. 그들에게 바싹 붙어서 자신의 생을 다 바쳤다. 진실한 기독교정신의 표본을 실천한 것이다.

한편으로 그는 북 규슈 가네미 식용유 사건(역주: カネミ油症事件 1968년 가네미 창고회사가 제조하는 식용유에 다이옥신류가 유입되어 많은 피해자가 발생)의 피해자구제에도 참가해서 오랜 시간 피해자를 대변하고 가네미 회사 앞에 버티고 앉아있기도 했다. 또 당시는 재일한국인 인권운동을 정력적으로 전개하고 있었던 시기이기도 했다. 고쿠라(小倉)교회의 최창화(崔昌華) 목사와 협력해서 재일한국인 인권운동에도 적극 협력해 주었다. 지쿠호 탄광에 강제적, 비강제적으로 끌려와 가혹한 노동을 강요당한 조선인 광부들에게 깊은 관심과 연민이 있었을 것이다. 그분을 생각하면 존경의 마음을 금할 길이 없다. 일본인 중에서도 진정한 의미로 존경받을만한 분 중의 한 분이다.

무의촌 의료봉사

교양학부 재학 중에 YMCA의 의학부 졸업생과 학생 사이에서 무의촌 의료봉사에 대한 제안이 있었다. 그 무렵은 학생 사이에서도 사회문제에 관심이 높았고 뭔가 하지 않으면 안 된다는 의욕이 현재보다 강했던 시대였다. 그 문제의식의 과정에서 나온 것이 무의촌 의료봉사였다. 의학부 학생들도 할 수 있는 일을 돕기로 했다. 무의촌 봉사대상으로 선택한 곳은 북 규슈 히라오다이 지역이었다.

당시는 의사 부족이 심각해서 전국적으로 의사가 없는 지역이 많이 있었다. 학생들이 분담해서 시내 제약회사의 지점이나 영업소에 취지를 설명하고 약품을 받으러 돌았다. 제약회사는 상대가 의대생이므로 미래에 자사 제품을 써 줄 수도 있다는 희망과 사회공헌이라는 명분 때문이었는지 상당히 협조적이었다. 대부분은 비타민제나 찜질약, 그 밖에 시판용 약 종류가 많았으나 진통제나 혈압약 등도 있었다.

여러 곳에서 구해온 약들을 모아서 히라오다이 지역으로 운반했다. 먼저 날짜를 지정해 몰려드는 마을 사람들의 건강진단을 검진용 텐트에서 하는 방식으로 시작했다. 우리 학생들도 흰 가운을 입고 마을 사람들을 문진해서 문진표에 기입하거나 혈압측정, 소변검사 등 간단한 검사를 했다. 그것을 기초로 해서 선배의사들이 진찰을 했다. 그 결과, 적절한 건강상의 조언을 하거나 준비해 온 약품을 나누어 주거나 했다. 만성질환인 경우, 며칠간의 약만으로는 큰 효과를 기대할 수는 없겠지만 그것이 질병악화 예방의 동기부여가 되어 조금이라도 생활습관의 개선으로 이어지면 좋겠다고 생각했다. 완전히 무료 건강검진이었고 또 봉사활동이었기 때문에 한계가 있는 것은 분명했다. 어리고 미숙한 청년들의 선의의 활동이지만 자기만족에 지나지 않는다고 한다면 그런 면도 부정할 수 없다.

이 무의촌 의료봉사활동으로 의사의 전문성과 책임에 대해 다시금 생각하지 않을 수 없었다. 즉, 의사로서 제 몫을 하게 되면 치료를 계속해야 하고 그 의료에 대한 책임을 져야만 하는 것이다. 2박 3일 정도 짧은 기간이었지만 귀중한 체험이었다. 무엇보다 그 활동 속에서 많은 YMCA 관계의 의학부 학생들과 가깝게 지낸 것이 가장 보람이 컸다. 현재도 그때 같이 활동한 선배와 동료들과 교류를 이어가고 있다. 규슈대학 YMCA 기숙사에서 다양한 선배와 친구들과의 교류는 내 인생에 있어서 소중한 자산이 되었다고 생각한다.

의학부 전문과정으로

2년간의 교양학부를 마치고 3년 차부터 본교인 마이다시(馬出)에 있는 의학부로 옮겼다. 교양학부에서의 2년간은 YMCA 기숙사 생활이 많은 부분을 차지했다고 생각한다. 솔직히 교양학부에서 배운 것은 거의 없었던 것 같다. 전공으로 들어가기 전의 유예기간 같은 것이었다.

마이다시 캠퍼스는 대학병원이 있고 대학 본부가 있는 하코자키 지구에 가까워서 나지마 기숙사에서 통학하기 편했다. 본교 캠퍼스에서는 처음 2년간은 기초의학을 배우고 마지막 2년은 임상의학을 배우는 시스템이다. 기초의학에서는 강의와 실습의 연속으로 암기할 것이 많아서 힘들었다. 본격적인 전공 공부여서 학생들도 열심히 학업에 힘썼고 시험공부에 몰두했다. 이때는 사회활동에 참가할 시간적, 정신적인 여유가 전혀 없었다.

이 시기에 가장 인상에 남아 있는 체험은 뭐라고 해도 해부학

실습이다. 사체를 처음 대면했을 때는 정말로 엄숙하고 무서운 기분이었다. 용기를 내서 매스로 조금씩 인체를 잘라 열면서 내부의 구조에 대해 교과서와 서로 확인하면서 장기들의 이름을 기억해 가는 것이다. 정말로 인체의 복잡함과 신비로움에는 경이로움을 금할 수가 없었다. 인간의 동작이나 감각 그리고 뇌의 움직임이 실로 기묘해서 미세한 메커니즘 위에서 어떻게 이루어지고 있는가 재확인했었다.

한편으로 조금 해부에 익숙해지자 다른 감회가 들었다. 그것은 사체에 대한 인상이다. 사체는 부패방지 처리를 해서 포르말린(formalin) 욕조에 보존되어 있었다. 거의 고령자이어서 줄어들어 작아져 있었고 소위 바짝 말라버린 형태를 하고 있었다. 살아있는 인간과 얼마나 차이가 큰지 그 격차에 놀랐다. 사체는 인간의 형태를 남긴 물건 그것이었다. 살아있는 피가 흐르는 인간과는 전혀 다른 것이었다. 살아있는 인간도 죽어서 얼마 지나지 않으면 이런 물질로 변해버린다는 냉엄한 숙명을 받아들일 수밖에 없었다.

한편, 이분들도 생전에는 자신만의 인생과 생활이 있었을 것이다. 그러나 의학발전을 위해 사후의 신체를 제공받게 된 것이다. 그 결단의 무게를 생각할 때 숭고한 유지에 존경심을 금할 길이 없었고 그 유지를 헛되게 해서는 안 된다고 가슴에 새겼다. 규슈대학 의학부에는 백국회(白菊会)라는 기증자를 위령하는 모임이 있어서 매년 위령제를 열고 있다고 들었다.

후쿠오카교회에서의 체험

이 시기는 면학에 힘쓰면서 그 나름 평온한 시간을 보내고 있었다. 일요일에는 지도리바시(千鳥橋)에 있는 후쿠오카교회에 다녔다. 거기에서 주일학교 고등학생반을 맡았다. 당시는 재일고등학생이 지금에 비해서 많았던 것 같다. 매주 일요일 점심 예배 전에 모여서 성경 공부를 했다. 매번 10명 정도 출석을 했었고 나 자신에게도 좋은 성경 공부가 되어서 즐거운 시간이었다. 무엇보다 밝고 건강한 고등학생과의 교류로 가르치는 나도 활력을 얻었다.

그러는 사이에 교회 신도 가정에서 과외 의뢰가 조금씩 들어오기 시작했다. 대상은 중학생과 고등학생이었고, 4명에서 5명 정도 개인지도를 했다. 2시간 정도 공부시간이 끝나면 식사를 대접하는 집도 있었다. 이 아르바이트는 내 생활에 큰 도움이 되었다. 그 당시는 집에서 보내주는 돈과 재일교회총회와 캐나다에서의 장학금도 있어서 생활이 곤란한 적은 없었다.

의학부의 혼란

학부 후반기가 되자 의학부 분위기가 심상치 않았다. 그것은 의대 특유의 인턴제도 및 무급 전공의(일명 레지던트)를 둘러싼 문제였다.

당시는 의학부를 졸업하고 1년간 인턴연수를 받았다. 인턴은 연수병원이 전국적으로 있어서 병원을 선택할 수 있었다. 물론 무급이다. 그 후, 의사국가시험을 보고 의사면허를 취득하게 된다. 그리고나서 대학 각 전공과의 의국에 지원해서 전문의 자격을 취득하기 위한 실습과 훈련을 받는다. 그들 전공의 대부분은 대학병원에서 환자를 담당하고 진찰을 하지만, 신참 전공의일수록 많은 환자를 담당하기 때문에 그 책임이 무겁고 부담 또한 크다. 그러나 대학에서는 전공의 과정 수년간은 무급이었다. 그 때문에 무급전공의라고 한다. 내과나 외과 등 전공의가 많은 의국에서는 유급의사 수가 적기 때문에, 유급이 될 때까지 5년에서 10년 이상이나 무급생활을 계속해야 하는 경우도 있었다. 그들은 대학 외 다른 병원에서 아르바이트나 야간당직을 해서 생활비를 벌어야만 했다.

대학병원은 무급의사 없이는 성립할 수 없는 체제였다. 그 때문에 오랜 기간 억눌렸던 무급의사들의 불만이 폭발해서 무급의제도 폐지운동이 일어났다. 무급의사들의 동맹파업으로 인해 의국과 병원 기능이 제대로 돌아가지 않아서 대혼란 상태였다. 대학 측으로서는 무급의가 없으면 각 의국의 관련 병원에 의사를 파견할 수 없을 뿐만 아니라 대학병원의 진료, 연구기능이 마비되어 버리기 때문에 매우 곤란한 사태에 직면하게 된다. 도저히 유급의사만으로는 감당할 수 없는 구조였다. 이 파업으로 인해 학내가 소란해져 그 영향이 우리 의대생에까지 미쳐서 수업에도 집중할 수가 없었다.

그러나 대학 의학부의 근간을 뒤흔드는 큰 문제여서 어쩔 수가 없었다. 이 무급전공의 제도는 본질적으로 폐쇄적인 의국제도의 권위주의와 교수 중심의 의국 강좌제인 권력기구를 지탱하고 있었다. 즉 다시 말하면, 대학 의학부 상아탑은 무급전공의들의 희생 없이는 애당초 성립할 수 없는 구조를 가지고 있었다. 이 운동은 그와 같은 봉건적인 제도와 권력기구를 타파하기 위한 것이기도 했다. 그렇기 때문에 간단히 해결할 수 있는 문제도 아니었다. 인턴제도 폐지를 목표로 몇 년 위의 선배 학년에서는 의사국가시험을 보이콧하기로 결의해서 실행에 옮겼다. 혼란이 계속되고 있는 사이에 또 다른 일본 전체를 뒤흔드는 대사건이 일어났다.

규슈대학 하코자키 캠퍼스에 미군 전투기 추락

1968년 6월 하순의 밤, 미군 이타즈케(板付) 기지에서 이륙한 제트전투기가 규슈대 하코자키(箱崎) 캠퍼스에 건설 중인 전산기센터에 추락하는 사건이 일어났다. 그때 마침 나지마 기숙사에 있어서 한밤중에 큰 충격음이 울려서 깜짝 놀랐다. 다행히 건설 중인 건물이어서 야간에 사람이 없었기 때문에 사상자나 부상자는 없었다. 제트기의 파일럿은 무사히 낙하산으로 탈출했다고 들었다.

추락 후, 무장한 미군이 무단으로 대학캠퍼스에 들어와 칼빈 총으로 학생이나 직원을 향해 추락 현장에 접근하지 못하도록 위협했다. 대학의 치외법권을 짓밟고 추락기의 잔해를 멋대로 끌어내려 회수해 가는 미군의 행위에 대학 전체의 분노가 폭발하였다. 그 분노가 미군 이타즈케 기지 철폐운동으로 발전했다. 이후 수차례에 걸쳐 이타즈케 기지 철폐 데모가 격렬하게 반복되었다. 기지 철폐를 관철하기 위해 미군기지에 돌진하려고 했던 것이다.

나는 당시 정치에 별 관심이 없는 학생이었으나 시위에는 참가했다. 그러나 데모의 가장 후방에서 데모집단에 따라가는 것이 보통이었다. 무서웠고 섣불리 체포라도 당하면 안 된다는 의식이 있었다. 경찰기동대가 기지정문 앞에 진을 치고 학생들의 기지 돌진을 저지하고 있었다. 학생 데모는 점차 고조되어 갔다. 한번은 덴진에 있는 경찰 본부의 항의 데모에 참가했다. 참가하지 않으면 기회주의자, 적을 두고 싸우지 않는 도망자, 비겁한 사람이라고 비난하는 분위기였다. 외국 국적인 한국인 학생인데 체포라도 당하면 큰일이라고 생각했다. 기동대가 데모대를 향해 올 때는 그 즉시 도망쳤다. 한번은 당황해서 한쪽 신발이 벗겨져 그것을 주울 새도 없이 도망간 적도 있다. 지금 생각해 보면 우스꽝스럽지만 그만큼 필사적이고 진지했다. 무시무시한 운동이 거의 매일 계속되는 나날이었다. 공부에 대한 이야기는 전혀 없었다.

운동은 점점 과격화, 급진적이 되어갔다. 학내에서는 폭력적이고 급진적인 여러 파벌이 생겼다. 그 대표적인 것이 혁명적 마르크스주의파(약칭 혁마르파)나 혁명적 중핵파(역주: 1958년 결성된 일본의 신좌익운동단체) 등으로, 헬멧을 쓰고 쇠파이프로 경찰대와 맞섰다. 폭력적인 혁명을 지향하는 집단이 되었다. 이렇게 되자 당연히 더 평화적으로 운동해야 한다는 집단이나 운동 자체를 거부하는 소위 대학교수회 권력을 옹호하는 우익집단도 등장했다. 학내도 완전히 분열 상태가 되었다.

우리 반도 예외는 아니었다. 운동에 적극적으로 참여해서 기지 철거와 더불어 대학 민주화를 이루려고 하는 그룹과, 학생은 공부를 해야만 하고 반기지운동이나 교수회 권력에 저항해서는 안 된다고 주장하는 그룹으로 완전히 분열되어버렸다. 같은 급우라는 연대의식은 소멸해버렸고 적과 아군이라는 상황이 되었다. 어제의 친구가 오늘의 적이었다. 우정이라는 것도 없어지고 서로 불신의 눈초리로 상대를 매도하게 되었다. 실로 살벌한 분위기여서 공부를 하는 분위기가 전혀 아니었다.

이런 학내 상황은 나지마 기숙사에서도 마찬가지였다. 사회개혁을 추진하기 위해서는 지금이야말로 행동해야 한다고 주장하는 그룹과 평온한 사회봉사나 선교활동을 주장하는 그룹으로 분열해버렸다. 한쪽은 사회주의를 지향하고 또 한쪽은 복음 전도파였다. 기숙사 학생들은 성실하고 순수한 집단이어서 상호불신이나 반목하는 감정 등이 더욱 심각했다. 나는 심정적으로는 사회주의를 주장하는 그룹에 속해 있었다. 재일로서 본명으로 생활하는 가운데 자주 느끼는 사회적 차별이나 편견에 등을 돌리고 오로지 복음이라고 주장하는 사람들을 그냥 받아들일 수는 없었다. 눈앞에서 신음하고 있는 사람들의 존재를 무시하는 복음이 과연 진실한 복음이라고 말할 수 있겠는가? 극단적으로 말하면 복음파는 현실도피라고 생각했다.

정치적으로는 과민하지 않지만, 심적으로는 사회개혁을 우선시하는 학생을 '논 폴리'(역주: none political)라고 부른다. 따라서 논 폴리라는 것은 비정치적이라는 의미이지만 심정적으로는 사회개혁

지지자를 가리킨다. 말하자면 무당파적인 개혁 지지자인 것이다. 나 자신도 그런 사람이었다.

학내의 과격한 운동은 점점 심각한 상황으로 치달았다. 대학의 민주화를 위해 교수회와 학생단체의 교섭은 자주 있었으나 학생들의 요구는 점점 격해져 서로 고성이 오고 가는 혼란의 극치였다. 마침내 의학부 사무 본관을 봉쇄하는 지경까지 이르렀다. 의학부 사무 본관에 바리케이드를 치고 학생이 건물 내부에서 농성하는 전술이다. 이것으로 의학부 기능이 전부 마비되어 버렸다. 물론 수업도 전혀 할 수 없었고 연구활동도 전면적으로 중지되었다. 의학부는 학문의 장소가 아니라 투쟁 장소로 변했다. 나 자신도 한번 봉쇄된 대학 본부에 들어간 적이 있는데 전부 무참하게 파괴되어 있었다. 너무 충격을 받고 곧바로 철수하였다. 아무리 뭐라고 해도 이렇게까지 할 필요가 있는 것인가? 도가 지나치다는 생각이 강했다. 지금 생각해 보니 대학 전체적으로 과격화된 무리가 건물 점거의 주축이었던 것 같다. 여하튼 이와 같은 파괴적인 상황이 반년이나 지속되었다.

학교에는 진절머리가 나서 기숙사에서 토론에 열중하거나 시모노세키 부모님 집으로 돌아가곤 했다. 틈나는 대로 시모노세키의 자동차학원에 다니면서 운전면허를 땄다. 고액임에도 불구하고 부모님이 아무 말씀도 없이 비용을 대주셔서 매우 감사했다.

한편 대학은 언제 끝날지도 모르는 학내분쟁이 지속되었다. 해결의 실마리도 전혀 없어 보였다. 그러나 언제까지 혼란 상태를 방치할 수는 없다고 생각하였는지 의학부 교수회는 경찰기동대의

학내 진입과 본관 불법점거의 강제진압을 요청하기에 이르렀다. 이것은 교수회 스스로 대학이 국가권력으로부터의 독립과 자치를 방기하는 것이기도 했다. 본관 내에서 농성하고 있던 많은 학생들이 체포되었다. 학내에서는 교수회에 대한 원망으로 가득 찼다. 또 한편으로는 학생이나 젊은 전공의들에게 무력감이 감돌았고 또한 그 무기력감이 의학부 전체를 지배했다. 체포된 학생 대부분은 퇴학당하여 대학에서 추방되었다. 그들 대부분은 순수하게 대학의 민주화를 희망하는 성실한 학생들이었다.

그 후 신속하게 수업이 재개되었다. 대학이 껴안고 있던 봉건적인 체질이나 민주화라는 문제는 방치한 채 강제로 대학 정상화가 된 것이다. 수업 재개 후는 대충 일사천리로 모든것이 진행되었다. 임상의학 강의와 현장 연수를 허둥지둥 끝내고 형태만 갖춘 졸업시험을 치르고 졸업을 했다.

한편, 기숙사에 있을 때 혼자 여행을 떠나 울적한 마음을 달랜 적이 몇 번이나 있었다. 처음으로 생각나는 것은 혼자 아소(阿蘇)에 간 자전거 여행이다. 기숙사가 있는 나지마에서 국도 3호선을 타고 구마모토(熊本)로 갔다. 구마모토대학의 YMCA 기숙사 가료(花陵)회관에 도착할 무렵에는 얼굴 전체가 자동차 배기가스와 매연으로 새까맣게 되어 있었다. 장시간 자전거를 타서 엉덩이도 아팠으나 그 학생 기숙사에서 하룻밤 묵기로 했다. 숙박비는 대단히 쌌다. 다음 날 아소에 가서 분화구를 구경한 후에 가이린산(外輪山) 다이칸봉(大観峰)으로 향했다. 거기까지는 순조로웠지만 다이칸봉으로 올라가는 도중에 날이 저물어 버렸다. 무모하게 저녁도 먹지 않고 그 산등성이를 넘어서 히타시(日田市)까지 가려고 했던 것이었다. 결국 어두워져 가지고 온 모포를 휘감고 노숙했다. 새까만 어둠 속에서 별이 선명했다. 자려고 할 때쯤, 자동차 한 대가 아소 방면으로 향해서 내려왔다. 그리고 멈추더니 중년 남성이 말을 걸었다. 산속은 밤에 춥기 때문에 노숙은 위험하다면서 차를 태워주고 기슭에 있는 식당에서 저녁을 대접해 주었다. 그리고 공민관 같은 건물에 안내해주고 거기에 묵으라고 했다. 그분은 그대로 승용차를 타고 가버렸다. 정말로 고마웠으나 그분의 이름도 주소도 못 물어봤다. 기숙사에 돌아와서라도 감사 인사를 해야만 했는데 그것도 제대로 못 했다. 단지 그때 착한 사마리아인의 행위에 감사하는 마음뿐으로 지금까지도 가슴에 깊이 새겨져 있다. 다음 날 다이칸봉을 자전거로 넘어서 오이타현(大分県)의 히타를 통과해 구루메(久留米) 경유로 후쿠오카의 나지마 기숙사까지 겨우 당도했다. 단지 2박 3일의 혈혈단신 여행이었으나 대단히 멋진 체험을 할 수 있어서 지금도 애틋하게 생각이 난다.

또 생각나는 것은 야쿠섬(屋久島)에 혼자 간 여행이다. 나는 뭔가 생각이 나면 가만히 있지 못하고 곧 간단한 일정을 짜서 실행해 버리는 버릇이 있다. 가고시마(鹿児島) 시내에 법학부 기숙사의 동급생 사카구치 히로시(坂口浩) 집이 있었다. 그에게 부탁해서 하룻밤 묵기로 했다. 지금 생각하면 '여행의 창피함은 버려라'(역주: 여행지에는 아는 사람도 없고 오래 머물지도 않기 때문에 무슨 짓을 하든 상관없다는 뜻)라는 속담대로이다. 기차로 가고시마까지 가서 사카구치 집에 묵었다. 남의 집을 방문하는데 염치도 없이 빈손으로 가다니

뻔뻔스럽기 그지없다. 대단히 후하게 대접을 받아서 죄송했다. 지금 생각해도 창피할 따름이다. 그 후 늘 그랬듯이 감사하다는 인사도 제대로 하지 않았다. 학생 신분이어서 그나마 용인된 것이겠지만 예의를 모르는 것에도 정도가 있다고 지금도 반성하고 있다. 사카구치는 현재 북 규슈에 살고 있는데 지금도 다행히 좋은 친구 관계를 이어가고 있다.

다음 날 아침 일찍 가고시마항에서 야쿠섬으로 가는 배를 탔다. 바다를 보면서 마음이 맑아지는 배 여행이었다. 몇 시간 만에 야쿠섬의 안보(安房)라는 항구에 도착했다. 거기 공민관에서 하룻밤을 자고 다음 날은 규슈에서 가장 높은 미야노우라다케(역주: 宮ノ浦岳 가고시마 야쿠섬 중앙에 위치한 최고봉)에 올라갈 생각이었다. 그러나 등산 준비는 전혀 하지 않았다. 비가 자주 온다고 해서 우산 하나 챙겨온 정도이다. 그것은 전혀 소용없는 일이었다. 다음 날 아침 미야노우라다케를 향해 걸어갔는데 도중에 광차(역주: 광산 토목용의 소형화차) 길이 있었던 것이 생각난다. 점심시간이 되어서 작은 강가에서 컵라면으로 점심을 때웠다. 잠시 쉬고 다시 정상을 향해 걸어갔다. 그때부터 하늘이 어두워지더니 비가 내리기 시작했다. 우산을 꺼내서 앞으로 전진하려고 했으나 이번에는 길을 잃어버렸다. 주위는 수풀만 무성할 뿐 사람은 아무도 없었다. 점점 불안해져서 이대로는 위험하다 싶어서 등산을 그만두고 하산하기로 했다. 유감이었지만 어쩔 수가 없었다. 내려가는 도중에 오래된 오두막을 발견했다. 비를 피하려고 안으로 들어가자 오래된 변소 오두막이었다. 거기에서 비가 그치기를 기다렸으나 빗발은 점점

강해질 뿐이었다. 드디어 밤이 되어 주변은 암흑천지였다. 어찌할 도리가 없어서 그 변소에 오래된 신문지를 깔고 자기로 했다. 결국 밤새도록 거기에서 꾸벅꾸벅 졸았을 뿐 잠은 오지 않았다. 다음 날 아침 졸린 눈을 비비면서 터벅터벅 하산하였다. 미야노우라 다케는 다음 기회로 하고 단념했다. 그 후 야쿠섬에 갈 기회는 없었고 지금까지 한 번도 가보지 못했다. 무사히 귀환할 수 있었으니 그것으로 됐다고 해야 할지도 모른다. 여하튼 젊은 패기의 소치일까? 어처구니없는 짓을 거듭했다고 반성하고 있다.

그 무렵, 기숙사에서도 학원분쟁이 종결되자 서로 불신감이 격해져 퇴실하는 사람이 속출했다. 나도 논 폴리(비정치적)의 입장에서 사회개혁이나 대학 민주화에 동조하고 있었기 때문에 대학 정상화로 인해 기숙사에 있기가 좀 불편했다. 기숙사는 복음파와 사회개혁파로 나누어져 거의 수복이 불가능한 상태였다. 그 대립이 싫증 나서 5학년 가을 기숙사를 나와서 의학부 캠퍼스 근처에 방을 빌려 생활하기로 했다. 약 4년간 나지마 기숙사에 신세를 진셈이다. 지금도 가슴에 남아있는 대학의 추억은 기숙사와 관련된 것이 많고 또 다른 학생과의 교류도 기숙사가 중심이었다. 따라서 나 자신은 기숙사에서 세상을 배우고 자랐다고 해도 과언이 아니다. 감사할 따름이다.

하지만 대학분쟁이 끝났다고는 하나, 삐걱거렸던 인간 불신이나 대립은 여전히 남아있었다. 그 정도로 분쟁에 의해서 모두 심각한 뿌리 깊은 마음의 상처가 남았다. 분쟁의 후유증이다. 이 정신적인 상처는 현재까지도 그 영향이 남아있다고 생각하는 사람이 많다. 한번 인간 불신에 빠지면 간단히 원래 상태로 복원되지는 않는다. 지금도 1년에 한 번 동기들 동창회와 정신과 전공의 동창회 그리고 규슈대 YMCA 관계의 모임이 있지만 왠지 거리감이 생겨서 좀처럼 발길이 가지 않는다.

기숙사는 내가 퇴실한 후 1년 정도 지나서 유지가 어려워져 문을 닫았다. 이후 다시 재개되기까지는 십여 년이라는 긴 시간이 필요했다.

인간사회의 커다란 모순과 그 변화과정의 어려움을 절실하게 느꼈다. 그러나 이것도 생각하기에 따라서는 나에게 큰 인생 공부였을지도 모른다.

한국 방문과 아내와의 첫 만남

대학교 4학년 여름(22세, 1968년), 재일본 한국민단 주최의 재일교포학생 모국방문단에 참가해서 약 2주간 정도 한국을 방문했다. 시모노세키항에서 한국 해군의 군함에 승선한 것으로 알고 있다. 시모노세키의 같은 재일한국인 조형제(趙亨濟), 허본(許本) 그리고 후쿠오카교회의 최백운(崔白雲) 씨도 참가했다. 군함에 승선하는 것은 처음이었다. 내부는 좁고 뒤얽히어 복잡했고 침상은 가로 50센티미터 정도의 폭에 2단식으로 되어있어 자다가 몸을 뒤척이지도 못할 정도로 마치 콩나물시루 같았다. 식사도 군대 배식과 같은 것으로 변변치 못했다. 밥공기 안에 바퀴벌레 같은 이상한 벌레가 들어가 있던 적도 있어 제대로 먹을 만한 것이 아니었다. 그 정도로 당시 한국은 가난한 나라였던 것이다. 살기 위해서 나라를 지키기 위해서 군인들은 참고 견디고 있었던 것이다. 한국 군인들의 노고를 다시금 생각했다.

근해로 나가자 갑판에 올라가 군함훈련을 견학했다. 방문단원이 갑판에 집합하자 갑자기 귀청이 떨어질 듯한 굉음과 함께 대포에서 포탄이 발사되었다. 강렬한 소리로 대포 바로 옆에 있었기 때문에 고막이 찢어진 것은 아닌가 의심했다. 한동안 '삐~' 하는 이명이 없어지지 않았다. 실전과 같이 군인들은 이런 환경 속에서 군 복무를 하고 참고 견딘다는 현실의 준엄함을 알게 되었다.

다음 날 아침 부산인지 어딘가 항구에 하선해서 서울로 향했다. 모두 단체행동이었다. 아마 기차로 간 것 같다. 기차 안에서 내 앞에 앉은 인솔자 선생님 앞에서 담배를 꺼내 피웠다가 호되게 혼쭐이 났다. 한국에서는 어른 앞에서 마주 보고 담배를 피우는 것, 술을 마시는 것, 식탁에서 먼저 음식을 먹는 것, 심지어 안경을 쓰는 것 또한 예의에 어긋난다는 것을 전혀 몰랐다. 오랜 조선시대의 유교적 관습일 것이다. 느닷없이 혼이 나서 기분이 나빴지만, 그 다음부터는 어른 앞에서는 태도나 말투 그리고 생활상의 규칙에 신경을 쓰게 되었다.

서울에서는 조선시대의 경복궁, 비원 그리고 국립박물관과 독립기념관 등을 견학했다. 숙소는 서울대학교 기숙사였다.

서울시가지의 인상은 당시는 정말 어두컴컴하고 가난한 느낌이었다. 1965년에 한일기본조약이 체결되고 아직 3년밖에 지나지

▲ 1968년 여름 재일 모국방문단의 동료(한국)

않은 시기였다. 그 후 박정희 대통령의 주도로 경제건설이 시작되었다. 6·25전쟁의 후유증을 앓고 있던 매우 어려운 시기였다.

한국민단 주최의 모국방문단에는 같은 동포로 많은 동년배들이 일본 각지에서 참가했다. 집단행동 속에서 여러 청년들과 허심탄회하게 교류할 수 있어 즐거웠다. 또 다른 그룹에 미래의 아내가 될 홍수임(洪秀任)이 있었다. 별로 말할 기회도 없었으나 오카야마현에서 참가한 동년배로 밝은 성격에 용모가 단정했고 기품이 느껴졌다.

2주간의 한국 방문은 순식간에 지나갔다. 모국방문 일정이 끝날 무렵, 서울에 사는 아버지 막냇동생인 숙부님이 데리러 왔다. 숙부님 집에 며칠 묵었다. 장소는 기억나지 않고 허름한 집이었으나 같은 피붙이라는 것으로 환영해 주었다.

그 후 숙부님과 같이 경상남도 아버지 고향을 방문했다. 기차로 부산까지 가서 거기에서 버스를 타고 몇 시간 달렸다. 도로는 포장이 안 되어 울퉁불퉁했다. 버스가 지나가면 흙먼지가 날아올랐다. 고향 근처의 버스 종점에서 내렸다. 거기에서도 또 1시간 정도 걸어서 겨우 작은 마을에 도착했다. 거기가 아버지가 태어난 의령군 궁류면 벽계리라는 마을이었다. 가난에 찌들어 보여서 적잖이 충격을 받았다. 도로는 좁고 전기, 가스는 물론 수도도 없다. 화장실은 구멍을 파서 그 위에 판자를 걸쳐서 일을 봤다. 침상은 헛간 안의 좁은 짚 이불이었다. 아~이것이 한국 시골이구나. 아버지는 이런 시골구석에서 차남으로 태어나 자란 것이다. 장남 이외는 교육도 못 받고 유산도 일절 받을 수 없다. 조금 성장해서 일할 수 있게 되면 집을 나가야만 한다. 그렇지 않으면 식구 모두가 살아갈 수가 없다. 실상을 눈으로 직접 보니 묘하게 납득도 되었으나 한편으로는 한심한 기분도 들었다.

본가의 식구들은 일본에서 친척이 왔다고 정성껏 대접을 해 주었다. 보통은 좀처럼 먹지도 않는 고봉 흰쌀밥에 계란부침, 닭국을 차려주었다. 최대한의 대접이었던 것이다. 그 마을 주민들은 거의 김씨 성을 가진 친척들 같았다. 흥미삼아 울타리 너머로 옆집을 들여다보자 젊은 여성이 보였다. 그러자 숙부님은 그런 짓하면 안 된다고 타일렀다. 남성과 여성이 명확하게 구별되어 젊은 여성과 마구 말을 섞어서는 안 된다는 유교의 엄격한 규율이 살아 있는 느낌이었다.

며칠간 체재 후에 가난한 아버지 고향을 떠났다. 부산의 또 다른 아버지 바로 밑 동생인 다른 숙부님 댁을 방문했다. 집은 부산항이 보이는 언덕 중턱에 있었다. 부산은 평지가 적기 때문에 한국전쟁 시 피난민으로 뒤범벅이 되어있던 시기에 주위 언덕에 주거를 세워 많은 사람이 살았다고 한다. 숙부님 집도 그 일각에 있었다. 그 집은 아버지의 시골 고향에 비해서는 조금 나았지만 역시 가난하다는 인상은 지울 수 없었다. 잠시 있다가 간단히 인사만 하고 돌아왔다. 그 후에 부산 – 시모노세키 연락선에서 숙부님의 배웅을 받으면서 일본으로 돌아왔다. 아무것도 모르고 한국말도 못 하는 나를 열심히 안내해 준 숙부님에게 감사한 마음이었다. 일본에 돌아온 후에 두 번 다시 만날 기회가 없었던 것은 참으로 유감이다.

아내와의 재회와 결혼

일본에 돌아오자 한국 방문이 그립게 생각났다. 대학에서는 여전히 학원분쟁이 계속되었고 살벌한 분위기에서 모두가 불신과 경계의 소용돌이 속에 있었다. 공부도 손에 잡히지 않았다. 기숙사에서도 마찬가지로 편안하지 않았다. 마음의 평온함을 느끼고 싶었다. 홍수임 씨가 생각이 나서 편지를 보냈더니 환영하는 답신이 왔다. 그렇게 편지 왕래가 시작되었다. 그녀의 집은 오카야마현 다마노시(玉野市)에 있고 시코쿠(四国) – 다카마쓰(高松)의 연락선

▲ 1969년 여름 아내와 데이트(우노, 宇野)

과 페리 선착장이 있는 우노항(宇野港)이었다. 오카야마역에서 기차를 갈아타고 30분에서 40분 정도 소요된다. 간사이(關西)전문대를 졸업한 후, 그녀는 거기에서 모친이 경영하는 찻집 일을 도와주고 있었다. 기차를 타고 그녀를 찾아갔다. 그녀는 물론 그녀의 부모님도 기쁘게 맞아 주었다. 찻집에서 커피를 대접받고 근처 여관을 잡아 줘서 거기에 묵었다. 초라하고 아무것도 없는 가난한 학생을 친절하게 맞아주고 대접도 잘 받아서 기쁘고 감사했다. 그 때까지 우리 집은 가난했고, 더욱이 한국인 성씨인 김을 그대로 쓰고 있는 한국 학생이라고 주위 사람들에게 소외당하고 있지 않

▲ 1970년 11월 결혼식 거행(오카야마 시내 교회)

났나 그런 생각이 들곤 했다.

그 후 혼담 이야기는 순조롭게 진행되어 갔다. 시모노세키 부모님께 인사를 시키고 기숙사 어머니에게도 소개했다. 결혼 이야기가 진행됨에 따라 그녀는 오카야마시에 있는 재일기독교전도부(현재 재일대한기독교 오카야마교회)에 출석해 세례를 받았다. 나는 시모노세키교회에서 20세 무렵에 세례를 받았다.

1970년 11월 20일, 오카야마 시내 일본 교회에서 결혼식을 올렸다. 사실 그때는 의학부 졸업반으로 졸업시험이 바로 코앞이었다. 그러나 양가 부모님이 원해서 일찍 식을 올렸다. 말하자면 학생 결혼이었다. 그래서 천천히 신혼여행을 즐길 여유 따위는 없었다. 분주하게 서둘러서 겨우 후쿠오카 시내 대학 근처에 작은 임대아파트를 구했다. 1DK로 다다미방 1개, 식당 겸 부엌용 방 1개였다. 목욕은 아파트 밖에 있는 공동 목욕탕이었다. 식사는 사과박스를 식탁으로 해서 둘이서 먹었다. 실로 무일푼의 시작이었으나 지금은 그때가 그립기도 하다.

부부 둘이서 미래를 만들어 가는 꿈이 있었기 때문에 별로 고생이라고도 생각하지 않았다. 생활비는 졸업해서 수입이 들어올 때까지 부모님 신세를 졌다.

그러나 신혼생활을 천천히 즐길 여유는 없었다. 의학부 졸업시험이 눈앞에 닥쳐 있었고 또한 졸업하면 바로 의사국가시험을 봐야 했다. 그런 연유로 솔직히 마음도 몸도 여유가 없는 시기였다. 아내를 작은 아파트에 가두어 놓은 것 같아서 정말 미안했다. 그 무렵 내 아내는 친구도 아는 사람도 없는 낯선 타지에서 정말 고생을 했다고 생각한다.

짧은 기간이었지만 저녁에 귀가해서 둘이서 조촐한 저녁식사를 함께하는 것이 유일한 위안이었다. 좁지만 식탁을 사이에 두고 소소한 대화를 주고받거나 미래에 대해서 얘기하는 시간이 나에게는 큰 위안이었고 지친 일상 속에서 한숨 돌리는 편안한 시간이었다. 또한 그런 시간은 내 생활의 활력소가 되었고 면학이나 일에 대한 큰 원동력이 되었다.

05

대학 졸업 후
국립 히젠요양소로

대학 졸업 후 정신과 지원

대학분쟁이 종결된 후 무급 레지던트제도와 인턴제도는 폐지
되었다. 그 대신에 새롭게 대학 졸업 후 직접 각 과에 지원하여 2
년간의 임상연수를 받는 제도가 되었다. 그러나 유급연수의는 정
원이 정해져 있었다. 그 때문에 많은 신규졸업자 연수의가 대학
바깥의 기관에서 연수를 받게 되었다.

나도 새로운 제도 아래에서 의사국가시험을 거쳐 전공과를 선
택할 필요가 있었다. 대학분쟁 직후이기도 하고 대학에는 실망하
고 있었다. 학생도 보수와 좌익, 급진파로 분열되어 상호 불신감
이 팽배해 있는 분위기였다. 그런 와중에 졸업시험, 국가시험을

거쳐 각 전공과로 배치되었다. 그러나 졸업했다고 해도 기본적인 임상능력은 제로에 가까운 상태였다. 기본적인 진료 기술은 내과나 외과라면 들어간 후 습득하게 되지만 정신과는 그것이 안 된다. 뭐든지 어깨너머로 배워서 할 수밖에 없었다. 그런 식으로는 환자에게는 대단히 실례이고 지금이라면 생각할 수도 없는 일이다. 그러나 당시는 대학병원은 권위가 있었고 환자를 배려하거나 환자 중심의 권리는 전무하다고 해도 과언이 아니었다. 대학의 권위주의와 연구지상주의가 낳은 낡은 체질이었다.

그런 속에서 정신과를 선택한 것은 대학분쟁의 영향이 컸다. 어쨌든 반의국 투쟁과 무급의 반대투쟁의 선두를 달리고 있던 것은 정신과였다. 가장 강하게 의국 해체를 외쳤고 교수나 조교수 등에 대한 반발이 가장 강했다. 한편으로 막연하게 인간의 심리 탐구에 전혀 흥미가 없었다고 하면 거짓말일 것이다. 그리고 말리면 더 하고 싶은 청개구리 심보도 있었을 것이다. 물론 내가 별로 손재주가 없는 것도 그 판단에 영향을 끼쳤다.

졸업 후 6명의 정신과 희망자가 있었다. 하지만 유급 의원 수는 4명으로 한정되어 있다. 결국 6명이 상의한 결과, 1년간은 4명이 대학에 남고 2명은 학외 의국 관련 병원에서 연수를 받게 되었다. 마침 나는 대학 잔류조가 되어 처음 1년간은 대학에서 2년째는 학외 연수병원에서 연수를 받기로 했다. 당시 학외 연수병원은 후쿠오카현립 다자이후병원(太宰府市)과 국립 히젠(肥前)요양소(佐賀県神埼郡) 두 군데밖에 없었다. 심각한 의사 부족으로 연수 커리큘럼이 없는 것과 마찬가지였다. 따라서 충실한 연수 등은 기대하기도 어려웠다. 한편, 규슈 대학병원은 개방병동 50병상, 폐쇄병동 50병상으로 비교적 입원환자가 많았다. 또 외래환자도 많았고 여러 분야의 연구실이 있었다. 결국 나는 대학에 남기로 했고 승인을 받았다.

정신과 지원 후(1971년 6월) 간단한 오리엔테이션을 받고 곧바로 병동에 배치되었다. 그 병동의 만성 통합실조증(역주: 統合失調症 초기 치매, 조현병, 정신분열증) 환자를 담당하게 되었다. 이들 대부분은 수년에서 십여 년 동안 장기간 입원한 환자들로서 증상도 거의 고정되어 있는 분이 많았다. 나와 같은 신참 의사에게는 교재로 배우는 것과 같은 전형적인 환자들이었다. 매일 정해진 생활을 보내고 약을 계속 복용하는 환자들과 접촉하면서 만성환자의 특징을 알아가면서 경험을 쌓아가는 것이다. 처방 등도 가능한 범위 내에서 변경해 가면서 그 반응을 관찰하기도 했다. 이것도 정신과 치료약의 효능을 알 수 있는 공부가 되었다. 매일 한 번 병동에 가서 담당 환자를 만나고 면접하지만 그것도 조금 시간이 지나자 마땅히 할 얘기도 없고 해서, 홀에 나와서 탁구를 치거나 적당히 시간을 때웠다. 지금이라면 소셜 스킬 트레이닝(역주: 조현병 재활 트레이닝, SST) 등도 있어서 여러 방법을 시도해 보았을지도 모른다. 그 당시 대학에는 그러한 생활지도나 치료 체제도 없었고 하루 일정을 그냥 소화할 뿐이었다.

일하는 틈틈이 정신과 교실의 몇 개 연구회에 참가하거나 실험실을 들여다보거나 했다. 임상계에는 정신병리 연구실과 행동요법 연구실, 기초계에는 뇌생리 연구실과 신경생화학 연구실, 신경

병리 연구실 등이 있었다.

1년간의 연수 기간 중에 좋은 공부가 된 것은 두 가지를 들 수 있다. 하나는 인슐린 쇼크요법(IST)에 대한 것이었다. 당시는 정신병 특히 조현병에 효과가 좋은 약제가 충분히 없었던 시대였다. 클로르프로마진(Chlorpromazine)이나 할로페리돌(Haloperidol)이 막 나오기 시작했을 때여서 인슐린쇼크(IST)요법은 전기충격요법(EST)과 함께 그 당시는 자주 시행되고 있던 치료법이었다. 조현병 환자에게 인슐린주사를 놓아 저혈당에 의한 혼수상태로 만들고, 그다음 포도당을 주사해서 의식을 회복시키는 방법이다. 우리들 연수의는 아침 일찍 일어나 병동에 가서 환자에게 정맥주사를 놓았지만 인슐린 장기투여로 인한 비만환자가 많아서 좀처럼 정맥에 주사액이 들어가지 않아서 고생했다. 인슐린요법은 기대했던 만큼의 치료 효과도 없었고 조금 잔혹하게 보이지만 오히려 전기충격요법이 적절해 보였다. 따라서 현재는 전혀 인슐린쇼크요법은 시행하지 않고 있다. 이와 관련하여 전두엽의 로보토미(역주: 대뇌의 전두엽을 절개하는 수술) 치료 또한 위험하여 현재는 시행을 안 한 지가 오래되었다.

또, 연수 시절의 유익한 체험은 뇌파실에서 뇌파 읽는 법을 배울 수가 있었다는 점이다. 뇌파실 여성 기사가 뇌파의 움직임을 직접 보여주면서 읽는 법을 정확하게 설명해 주어서 많은 도움이 되었다.

그 당시의 정신과 치료는 현재와 비교하면 미숙하고 발달이 안 된 상태였다. 그때까지도 '치유'라는 말이 없었다. 증상이 안정되고 나아지더라도 그것은 어디까지나 일시적인 소강상태를 의미하는 완화증상일 뿐이다. 언제 또다시 어떤 계기로 악화될지도 모르는 일이었다. 정말로 정신과 의사의 무력함을 느끼게 하는 1년간이었다.

이상과 같이, 진료는 실로 따분한 것이었지만 일단 유급의사로서 일급 월급제이기는 했지만 급료는 받았다. 그러나 그것만으로는 부족해서 일주일에 한 번 정신과 병원에서 아르바이트를 하거나 시내 병원에서 당직근무를 하면서 생활비를 벌었다. 이래저래 꽤 생활도 안정되었다.

경제적으로 조금 안정되자 싼 아파트 생활이 답답하게 느껴졌다. 과감히 히가시구(東区) 가시이구(香椎宮) 뒤쪽에 단독주택이 있어서 이사하기로 했다. 작은 임대용 주택이었으나 신축이었다. 화장실도, 목욕탕은 물론이고 식당도 있었다. 방 두 개가 있어서 부부 둘이서 살기에는 충분히 넓었고 쾌적했다. 거기에서 부모님이 졸업기념으로 사 준 자동차로 대학병원과 북 규슈의 아르바이트 병원에 다녔다. 그러나 시간이 흐르는 것은 빠르다. 순식간에 연수 1년이 지나가 버렸다.

그 무렵, 장녀 미호(美穂)가 태어났다(1972년 3월 24일). 집 근처 규슈전력병원(후에 이전해서 후쿠오카대학 의학부 부속병원이 된다)에서 태어났다. 출산에 입회하지는 못했으나 병실 창 너머로 벚꽃이 드문드문 피어 있었던 것은 분명하게 기억하고 있다.

국립 히젠요양소로 전근

정신과에 지원하고 난 후, 처음 1년간 연수 과정은 4명 신입 연수의가 자발적으로 연수하는 기간이라고 정했지만 모두 초심자들이어서 특별히 수련한 것은 없었다. 1년째 연수가 끝난 후 2년째 학외 연수처로서 선택한 곳이 사가현 국립 히젠요양소였다. 여기에서의 경험과 연구가 이후의 인생을 크게 바꾼 분기점이 되었다. 연수처로 선택한 이유는 세 가지 정도 있었다. 첫째는 대학 시절 반의국 운동에 열심이었던 젊은 의사가 많다는 것이었다. 자신들의 의지로 현재 정신과 의료를 개혁해 가고 지역의료에 공헌한다는 열의가 느껴졌다. 두 번째는 병원 현관에 걸어 놓은 간판이었다.

'The most important person in this hospital is patient'(이 병원에서 가장 중요한 인물은 환자다)라고 영어로 쓰여 있었다. 정신병이라고 하지만 환자로서 권리를 최대한 인정한다는 결의 표명이다. 이 문장에는 그 나름의 이유가 있다. 규슈대학 출신인 이토 마사오(伊藤正雄) 씨가 독일 유학에서 귀국 후, 국립 히젠요양소에 부임해서 정신병 환자의 완전개방치료를 시작했다. 병동에는 보호실도 없고 현관도 완전히 출입이 자유로운 체제였다. 그 당시의 전국 정신과 병동은 100% 폐쇄병동이었다. 즉 출입구에는 열쇠가 잠겨 있었고 엄중한 관리체제 하에 놓여있었다. 병동을 상시 완전히 개방한다고 하는 시도는 전국 정신과 병동에서는 처음 있는 일이었다. 간판 문구는 그 당시의 병원 직원의 마음가짐과 패기의 표현이었다.

그런 전통 탓인지 히젠요양소 병동은 개방적인 분위기가 강하고 환자들도 비교적 느긋한 느낌이었다. 세 번째로 히젠요양소는 의사가 매우 부족한 상황이었다. 대학에 의사가 집중되어 대학 이외의 다른 병원은 극단적으로 의사가 부족했다. 대학병원 중심의 의국체제의 폐해였다. 히젠요양소에서는 연수의라도 훌륭한 전력이었다. 여하튼 입원환자가 600명 정도이고 의사는 10명 남짓이었다. 또한 외래진료도 있었다. 그런 이유로 히젠요양소에서 2년째 연수를 꼭 와 달라고 적극적으로 부탁했다. 결국 2년째 연수를 국립 히젠요양소에서 하기로 했다. 더욱이 1년째 연수를 히젠에서 하고 있었던 마키모토(牧本) 씨와 노가미(野上) 씨가 2년째도 히젠요양소에 남은 것도 큰 이유 중의 하나였다.

국립 히젠요양소에서는 정신과에서 가장 많은 질병인 정신분열증(현재의 統合失調症)에 대해서 배웠다.

국립 히젠요양소에서의 관사 생활

당시 히젠요양소는 사가현 간자키군 히가시세후리촌(東脊振村)에 위치하고 있었다. 북으로는 세후리 산맥이 있고 주위는 드넓은 논과 밭뿐이었다. 그 가운데 아주 오래된 철근 2층짜리 병동이 중앙 복도를 따라서 몇 개나 늘어서 있었다. 병원 앞의 도로는 비포장도로여서 먼지가 많았고 비가 오면 진흙탕으로 질퍽질퍽하게 되었다. 병원 앞에는 꾀죄죄한 라면집이 한 채 있었다. 당직할 때 야식이나 병원에서 숙박할 때는 배달을 부탁하기도 했다. 병원의 관리동도 오래된 건물이고 의국은 목조의 아주 낡은 건물 안에 있었다. 의국에서는 하루 종일 의사들이 모여 있었다. 거기에서 의사들과 정보교환이나 토론을 하기도 했다. 마작을 하는 선생들도 있었다. 의국은 낡아서 너덜너덜했으나 한편으로 자유로운 분위기여서 홀가분하고 마음이 편한 장소였다.

아내와 태어난 지 얼마 안 된 장녀 미호 이렇게 셋이서 오랫동안 빈집 상태였던 병원 관사로 옮겼다. 병동 바로 근처의 숲속에 몇 채 오래되고 쓸쓸한 관사가 있었다. 맹장지 미닫이문은 낡고 더러워져 있었고 다다미는 들쑥날쑥 들떠 있어 마루가 빠질 것 같았다. 목욕물도 석유로 끓이는 방식이라서 수고스럽고 번거로웠다. 한번은 불이 벽에 옮겨 붙을 뻔해서 놀라서 끈 적도 있다. 번화가로 나오는 데도 차로 20분 정도 걸리는 불편한 장소였지만 월세가 들지 않아서 참고 견디기로 했다. 쇼핑은 일주일에 몇 번 경트럭이 물건을 싣고 순회해서 왔다. 트럭이 올 시간이 되면 아내가 주변 관사에 사는 사무직 부인들과 줄을 서서 기다려 쇼핑을 했다. 사무직 부인들은 남편 지위에 따라서 서로 신경을 쓰는 것 같았다. 나중에 온 상사 부인에게 줄을 양보하거나 했다. 그러나 의사의 경우는 비교적 지위 고하를 별로 신경 쓰는 일은 없었다. 사무직같이 조직 속의 인간이 아니라 직업상 독립성이 강하고 또 상하관계가 비교적 희박했던 병원 풍토 때문에 그러했을 것이다.

관사의 좌우 양쪽 이웃은 동기 노가미(野上)와 선배 이노우에(井上) 씨가 있었다. 조금 떨어져서 무카이(向井) 소장의 관사가 있었다. 노가미와 이노우에 씨 가족과는 동년배로 친하게 지냈다. 장녀 미호는 두 집 아이들과 비 내린 웅덩이에서 진흙범벅이 되어 즐겁게 놀았다. 집사람은 아무것도 없는 시골의 오래된 관사에 와서 깜짝 놀라지 않았을까 한다. 그러나 불평이나 불만을 직접 토로하는 일은 전혀 없었다.

이 관사에 2년 정도 살았다. 얼마간의 시간이 지나자 역시 불편한 시골생활이 힘들어지기 시작했다. 그래서 적은 적금을 털고 부모님의 원조도 받아 후쿠오카 남쪽에 있는 오노조시(大野城市) 신흥단지에 주택을 짓기로 했다.

그러나 여기에서 큰 문제가 생겼다. 주택융자를 받는 데 재일한국인을 포함해서 외국 국적인 사람은 대출해 줄 수 없다는 것이었다. 처음으로 듣는 말에 몹시 당황했다. 부모님의 원조로도 부족했다. 지금은 생각할 수 없는 문제이지만 그런 시대였다. 고민한 끝에 머리를 숙여 1년 후배이고 YMCA 동료인 사토 유지(佐藤雄二)에게 명의를 빌려 달라고 부탁했다. 그가 내 사정을 이해해 주어서 그의 명의로 주택융자를 받을 수 있었다. 그래서 겨우 오노조시에 집을 짓고 이주할 수 있었다. 나를 신뢰해 준 사토에게는 깊이 감사하고 있다. 물론 대출금은 정확히 변제했다. 몇 년 후에는 일괄 변제할 수 있었다. 우리 소유의 집을 갖는 것은 처음이어서 너무 기뻤다. 쇼핑하기도 편했다.

새집으로 이사한 후에 얼마 지나지 않아서 차녀 마리가 태어났다(1974년 7월 23일). 마리는 후쿠오카시 미나미구 규슈중앙병원에서 태어났다. 아내가 이사 준비로 정신적 스트레스를 받아서인지 조금 더 체중이 적었으면 미숙아가 될 뻔했었다(2,600그램). 작아서 그런지 순식간에 태어났다.

새집은 가족 네 명이 살기에는 충분한 크기였다. 또 상당히 큰 마당이 있어서 아이들의 놀이터로도 편리했다. 미호는 근처 유치원에 다녔다.

나는 매일 차로 히젠요양소에 출퇴근했다. 도스 – 지쿠시노(鳥栖-筑紫野) 유료도로를 이용하면 약 1시간 걸리는 거리였다. 그 무렵은 출근이 가능하도록 자동차도로도 잘 포장되어서 매우 쾌적했다.

국립 히젠요양소에서의 정신과 진료

국립 히젠요양소는 전전(戰前)은 육군상이군인 요양시설로 이용된 시설이었으나 전후 국립 정신과전문요양소가 된 병원이었다. 이와 같은 종류의 요양소가 관동의 국립 무사시(武藏)요양소를 비롯하여 전국에 많이 있었다. 규슈에는 히젠 이외는 없었던 것으로 안다. 따라서 여기에는 전전 군대에서 발병해 입소한 채 요양생활을 이어가고 있는 환자가 많이 있었다. 그들은 '미복원부상자'라고 불렀다. 병이 완치되어 퇴원하면 복원이 되는 것이지만 만성질환으로 치유 가망이 없는 경우는 언제까지나 미복원부상자인 것이다. 그들의 치료비와 그 외의 경비 일체는 나라가 부담하고 있었다. 매우 놀라웠다. 당시 열 명 남짓 있었던 것으로 기억한다. 전후 20년이 지나도 거기에서 요양하다 죽어야 비로소 퇴원이 되는

것이다. 어느 면에서 전쟁의 희생자인 것이다. 나중에 안 사실이
지만 미복원부상자에 대한 이 대우는 일본인에게만 해당되고 외
국인인 재일한국인은 역시 제외되어 있었다.

　물론 보통의 장기 입원환자도 많이 수용되어 있었다. 당시 정신
병 치료라고 하면 일본에서도 겨우 사용하기 시작한 항정신병약
(클로르프로마진, 할로페리돌)이나 바르비투르(Barbiturate)계 수면약, 항
불안약(디아제팜) 등의 약물요법은 형편없는 것들이었다. 그래도 약
물이 있는 치료는 나은 편이었고 예전부터 시행된 전기요법을 자
주 사용하였다. 그렇다고는 하나 로보토미 수술이나 말라리아 발
열요법, 인슐린 쇼크요법은 실시하지 않았다. 전두부에 전극을 직
접 대고 몇 초간 전기를 통하게 하는 전기쇼크 요법이 가장 효과
가 있었고 간편했다. 그러나 유감스럽게도 이러한 약물요법이나
전기쇼크 요법으로는 정신병에 수반하는 환각과 망상에는 효과가
있었으나, 근본적인 치유와는 거리가 멀었다. 그들은 치료 후에
무위도식이나 자폐 상태에 빠져 삶의 의욕을 잃어버리는 경우가
많았다. 그 때문에 급성환자병동에서 만성환자병동으로 옮겨 병
원 내 작업 등에 종사하면서 요양을 했다. 결국 기대했던 만큼의
효과는 얻지 못하고 그대로 만성화되어 요양이 장기화되는 사례
가 많았다. 따라서 병원의 역사가 길면 길수록 사회로 돌아갈 수
없는 환자가 머무르는 곳이 당시 정신과 의료와 정신과 병동의 현
주소였다.

　히젠요양소에는 50개 단위의 침상병동이 14개나 있었다. 그중
에서 발병해서 비교적 오래되지 않은 소위 급성환자병동이 남녀

각 1동씩 있고 신참 의사는 그들 병동에 배치되어 몇 명에서 수십 명 환자를 담당하는 주치의로서 치료를 했다. 동시에 노인병동이나 만성환자병동, 신체합병증(역주: 身体合併症 스트레스가 원인으로 신체와 행동에 이상행동이 일어나는 증상)병동에서도 소수의 환자를 담당하기도 했다. 게다가 외래진료도 해야 해서 몹시 바빴다. 그러나 그 때문에 다양한 환자를 접할 수 있어 여러 경험과 치료 수단을 연마할 수 있었다.

정신과 급성환자병동에서의 체험

히젠에 부임하고 2년째 되던 해에 여성급성환자병동의 주치의가 되었다. 졸업하고 불과 3년째인 신참 병동 책임자이다. 병동 전체 운영을 수간호사와 협력하면서 운영해가는 것이다.

급성환자병동은 난폭·흥분 등과 같은 증상이 과격한 환자들이 많고 또 입·퇴원이 많은 병동이다. 증상이 안정되면 환자의 귀가 요청에 따라 가능한 빨리 외박을 허락했다. 외박을 수차례 반복해서 별문제가 없으면 되도록 빨리 퇴원해서 가정에서 요양하도록 했다. 그리고 정기적으로 외래 통원을 하게 해서 증상의 안정 유지를 도모하는 방식이었다. 그렇게 함으로써 환자의 재발이나 만성화를 방지하고 사회성 유지나 사회 참여를 촉진하고 또 치료 의욕을 높이는 효과를 기대했었다.

실제 환자들은 거의 본인 의지가 아니라 강제입원을 당한 상태였기 때문에 폐쇄병동에서의 불편한 치료와 입원기간이 줄어들게 되어 그나마 기뻐하지 않았나 생각했다. 최대한 6개월 이내로 입원하도록 했으나 좀처럼 그렇게 되지 않아서 1년 정도 걸리는 사람도 많았다. 너무 빨리 퇴원을 시켜도 가족에게 있어서는 간병 부담이 크기 때문이다. 충분히 증상이 안정되지 않은 채로는 더더욱 큰일이기 때문에 그 부분의 판별이 중요했다. 물론 일반사회의 정신병에 대한 심각한 편견이나 차별도 고려하지 않으면 안 되었다.

그러나 정신분열증은 재발율이 높은 정신질환이다. 재발한 경우는 다시 재입원해야 하므로 급성환자병동은 회전문이라고 표현하기도 했다. 같은 환자가 몇 번이나 들락날락한다(입원과 퇴원을 반복한다)는 의미로 붙여진 것이다. 당시는 그래도 계속 장기입원을 시키는 것보다는 단기입원 쪽이 폐해가 적다고 생각하고 있었다. 나름 열심히 치료에 임했다고 생각한다. 그러나 한편으로는 아무리 치료해도 증상이 호전되지 않아서 퇴원이 곤란한 사람도 많이 있었다. 입원한 지 1년을 지나면 퇴원 가능성이 많이 떨어져 버린다. 그 결과, 만성병동으로 옮겨 장기 입원시킬 수밖에 없는 리스크가 증가한다. 나중의 조사에서 새 입원환자의 약 10%가 난치성, 치료 저항성 환자로 판명됐다.

도저히 잊을 수 없는 젊은 여성 환자의 예를 들도록 하겠다.

그녀는 20세 후반 여성으로 23세 무렵 처음 정신분열증이 발병했다. 만화가 지망생으로 상경했으나 꿈을 이루지 못하고 고향인 사가(佐賀)에 돌아왔다. 발병 원인은 심한 정신적 좌절감이 원인이었는지는 알 수 없으나 근처 병원에 다녔으나 병세가 호전되지 않자 큰 병원을 추천해서 히젠요양소의 여성급성환자병동에 입원했다. 그래서 내가 주치의로서 담당하게 되었다. 증상은 환청과 망상이 분명했다. 또한 자주 돌연 난폭과 흥분을 일으킨 적이 있다. 무거운 표정으로 입을 꼭 다물고 있는 일이 많았고 말을 걸려고 가까이 다가가면 갑자기 격하게 폭력을 휘두르는 것이다. 특히 여성 간호사, 수간호사에게 폭력이 심했다. 간호사를 붙잡고 몸을 잡아당겨 넘어뜨리거나 간호사를 올라타고 때리고 차거나 한다. 주변 사람들이 당황해서 두 사람을 떼어놓지만 폭행을 당한 간호사는 신체적인 타격과 함께 심리적으로 큰 충격을 받아 이후 무서워서 그녀에게 가까이 다가가지를 못한다. 간병 의욕이 사라진다. 그런 폭력을 휘두르는 이유도 알 수가 없고 정말로 처치 곤란한 환자였다.

그래서 투여하는 약을 늘릴 수밖에 없다. 어중간한 양이 아니라 대량투여이다. 그래도 진정되지 않고 안정의 기미가 보이지 않을 뿐만 아니라 폭력이 반복되기 때문에 보호실에 수용했다. 정말로 치료저항성이라서 약물요법 또한 효과가 전혀 없었다. 이따금씩 담배를 원해서 건네면 담배를 자신의 팔에 갖다 대고 피부를 지져 화상을 입는 행위나 몰래 손에 넣은 호치키스로 자기 혀를 끼워 찰칵 박아버려서 대출혈을 야기하는 격한 자해행위를 보이기도 했다. 견디다 못한 간호사들이 주치의인 나에게 어떻게 좀 해달라고 하는 불만이 빈번하게 들려왔다.

주변 모두 두 손 두 발을 다 든 상태여서 고육지책으로 전기쇼크 요법을 실시하기로 했다. 머리 이마 부분에 전극을 대고 몇 초간 전기를 흐르게 하면 간질과 같이 전신경련 발작이 일어난다. 환자가 경련 중에 다치지 않도록 주의하고 경련 후 호흡이 회복되어 안정될 때까지 지켜보는 것이 중요하다. 보기에는 잔혹하지만 정신분열증이나 조울병(우울증)으로 약물요법이 잘 듣지 않는 환자에게 상당히 효과가 있는 경우가 많다. 또한 사고나 부작용도 적다. 가벼운 건망증이나 의식 수준의 저하가 보이기도 하지만 자연적으로 개선되는 경우가 많다. 보통은 6~7회 정도 반복하면 평온해지고 증상이 안정된다. 그러나 이 환자의 경우 평온한 기간이 일주일도 가지 않고 다시 원래대로 격한 흥분과 폭력이 시작됐다. 어쩔 수 없이 같은 전기쇼크 치료를 반복했다. 그것을 몇 번이고 할 것 없이 반복할 수밖에 없었다. 아마 백 회 이상 그 치료를 실시했던 것 같다. 결국에는 전극을 갖다 대는 앞이마 부분의 피부가 짓물러서 궤양처럼 되었다. 참혹했다.

그러는 사이에 외박을 허용하게 되었다. 집에 가서 쉬면 조금 안정될지도 모른다는 막연한 기대감과 함께 이 괴물 환자가 없는 동안 간호 스태프가 한숨 돌리기를 내심 기대하면서 1주일 정도 외박을 허용했다. 전후 2번 정도 외박을 실시했으나 첫 번째는 무사히 귀환을 했다. 그러나 병동 내에서는 이전과 똑같은 상태가 반복되었다. 아무리 생각해도 그 이유조차 알 길이 없었다. 또 끝없이 다시 전기쇼크 치료를 계속하였다.

나도 더 이상 감당할 수 없었고 정말로 주치의를 반납하고 도망가고 싶은 심정이었다. 궁지에 몰린 심경이었다.

두 번째 외박을 실시했다. 1주일분 약을 가족에게 보냈으나 집에서 그것을 본인이 찾아내 1주일분 약을 한 번에 복용해버렸다. 이것은 당시 자살기도의 수단으로 자주 이용되는 사례가 있어 가족에게도 그 점은 반드시 주의가 필요하다고 전달했었다. 그 후 혼수상태에 빠져 근처 내과의원에 입원해서 링거를 맞고 있다고 병동으로 연락이 왔다.

즉시 병동 수간호사와 같이 그 의원으로 달려갔다. 조심조심 병실에 들어가자 본인은 혼수상태로 자고 있었다. 내과의사 말로는 심전도에 이상은 없으므로 괜찮을 것이라고 했다. 호흡도 평온하고 새근새근 잘 자고 있었다. 우선 안심하고 철수하기로 했다. 돌아오는 차 안에서 마음은 복잡했다. 목숨을 건져서 다행이라고 생각하면서도, 한편으로는 이대로 회복되지 않고 숨을 거두었으면 하는 마음이 생기는 것이었다. 절실히 인간의 나약함과 정신과 의사로서 무력감을 느꼈다.

그 후 3일 정도 지나서 그 여성 환자는 의식을 회복했다. 그리고 훌쩍 일어나서 시원한 주스가 마시고 싶다고 자동판매기에서 하나 사서 맛있게 마셨다. 그리고 기분 좋은 듯이 다시 누워서 잠이 들었다고 한다. 그뿐이었다. 그대로 편안하게 숨을 거두었다고 내과의사가 말했다.

의식이 돌아왔다고 들었을 때는 일단 기쁘기도 했으나 실망도 했다. 한편으로 그대로 자는 것처럼 숨을 거두었다고 들었을 때는 유감이라는 기분과 내심은 죽어 주어서 겨우 나도 스태프도 해방됐다는 마음 깊은 곳에서 안도감이 솟아오르는 것을 본의 아니게 억제할 수 없었다. 수간호사를 비롯하여 스태프들도 아마 같은 기분이었을 것이다. 그 정도로 힘들고 전망이 전혀 보이지 않는 환자로 몹시 난감했다. 그 후 오랫동안 심신에 힘이 없고 얼이 빠진 상태가 계속되었다.

그전에도 이후에도 이 환자는 나에게는 메가톤급의 환자였다. 손발 다 들 정도로 어찌할 바를 몰랐다. 정신병의 공포와 비참함을 처절하게 실감했다. 과연 세상에 이런 병이 있을 수 있을까? 환자도 너무 젊은 나이에 갔다. 그녀의 인생의 의미는 무엇이었을까? 물론 이와 같이 통제하기 곤란한 난치성 환자만 있는 것은 아니다. 그러나 이 사례만큼은 잊을 수가 없다. 이 체험을 통해서 정신과 의사로서 자신의 미숙함과 한계, 무력감 그리고 어떻게도 할수 없는 인간의 숙명을 새삼 통감하지 않을 수 없었다. 솔직히 신을 믿을 수 없는 심경이었다.

한편으로는 어차피 인간의 숙명은 어찌할 수가 없다는 묘한 뻔뻔함이라고나 할까 배짱이 생겼다. 이와 같은 지옥을 경험한 후에는 웬만한 일에는 놀라지 않게 된 것도 솔직한 감상이다.

오키나와 출장

여성급성환자병동에서 매일 바쁜 나날을 보내고 상당히 정신적으로 스트레스가 생길 무렵, 오키나와 국립 류큐(琉球)정신병원 출장이야기가 나왔다. 기간은 3개월 정도였다.

오키나와 병원도 의사 부족으로 그 병원 원장이 히젠의 무카이

소장에게 의사 파견을 부탁했던 것이다. 적당한 휴식도 될 것 같았고 오키나와에도 가보고 싶어서 응모했다.

가족 3명이 차로 가고시마까지 가서 거기에서 나하(那覇)행 페리에 승선했다. 도중에 아마미오섬(奄美大島)이나 도쿠노섬(德之島), 오키노에라부섬(沖永良部島)의 항구를 경유해서 24시간 걸려서 오키나와 나하항에 도착했다. 긴 배 여행에 멀미까지 해서 너무 피곤했지만 오키나와 본도 중부지역인 긴손(金武村)에 있는 국립 류큐정신병원으로 향했다. 나하항에서 1시간 남짓 거리였다. 도중에 유명한 가데나(嘉手納)기지 쪽을 지나가면서 미군기지의 거대한 규모에 놀랐고 고자(현재 오키나와시)를 지나갈 때 길에 무리 지어 있는 미군이 많다는 것에 놀랐다. 오키나와가 미군기지의 섬이라는 것을 새삼 실감했다. 병원이 있는 긴손에도 유명한 해병대 소속 캠프·한센이 있어서 가끔 실탄연습이 실시된다고 했다. 잘못해서 포탄이 기지 밖으로 날아온다. 기지 앞에는 전당포(폰숍)가 줄지어 늘어섰고, 술집 간판이 늘어서 있는 것도 매우 이상한 광경이었다. 병원은 그 해병대 미군기지의 바로 옆에 있었다. 오키나와 사람들은 기지에 둘러싸여 몸을 낮추면서 생활하고 있다는 말이 정말로 실감이 났다.

병원 관사에 들어가 좀 쉰 후에 원장에게 인사하고 병동 안내를 받았다. 여기도 많은 환자가 치료생활을 보내고 있었다. 직원과 환자들은 친절하고 밝았다. 오키나와 전쟁의 후유증과 더불어 미군기지섬이라는 가혹한 현실에도 밝고 긍정적인 자세는 마음을 차분하게 하는 것이 있었다. 또한 최남단의 휴양지답게 일을 포함해서 무엇이나 태평스러워서, 서두르거나 초조해하는 일도 별로 없었다.

병원에서는 병동근무를 맡았다. 환자를 면접하면서 오키나와 문화에 대해 많이 배웠다. 언어와 생활습관도 오키나와 고유의 독특한 역사와 문화가 있다는 것을 알게 되었다. 먼저 오키나와 말은 전혀 알아들을 수가 없었다. 라디오에서는 오키나와 민요가 흘러나왔다. 의미는 알 수 없으나 밝은 분위기를 느꼈다.

또한 문화면에서 가장 흥미로웠던 것은 죽은 사람의 장례식 형태였다. 무덤의 형태가 본토와는 전혀 다르며, 그 모양은 가옥 형태를 띠고 있었다. 사자는 거기에 매장하나 1년 정도 지나면 그 유체를 무덤에서 꺼내 유족이 뼈를 깨끗이 씻은 다음 정식으로 원래 무덤에 다시 넣는다고 한다. 사자는 무덤에서 쭉 살아가는 것이다. 오키나와에서는 산 사람과 죽은 사람이 연결되어 함께 생활하고 있는 것처럼 생각되었다. 재미있는 것은 환자 중에 예전에 묘지에서 살던 사람이 있었다. 정신병자를 병원에 수용하는 법률이 생긴 이후 그들을 병원에 입원시키게 되어 주거지가 묘지에서 병원으로 옮기게 되었던 것이다. 예수님께서 묘지에 사는 악령에 흘렸던 사람들에게서 그 악령을 돼지 속으로 쫓아내어 아픈 사람을 치유했다는 이야기가 생각났다. 2천 년 전의 풍습이 오키나와에도 남아있었다. 정신병자의 비참한 상황이 동서양을 막론하고 이어지고 있는 것이 놀라웠고 마음이 아팠다.

오키나와 체재 중에는 특유의 넉넉한 인심과 따뜻함에 접해 힐링하는 시간이 되었다. 주로 오키나와 본도였지만 휴일에는 여기저기 아름다운 자연경관을 둘러봤다. 남부의 전쟁 발자취를 비롯해서 나하 시내나 슈리성(首里城) 등 각지에 있는 성곽 터, 중부의 모토부조(本部町) 주라우미(美ら海)수족관, 북부의 헤도나(辺土名) 등이다. 본도 북단에서 요론섬(与論島)을 볼 수가 있었다. 일본에 반환되기 전에는 요론섬은 가고시마현에 속해 있어서 자유롭게 왕래할 수가 없었다. 차가 있어서 우리 가족은 편한 시간에 좋아하는 장소로 갈 수 있어서 매우 좋았다. 항상 장녀 미호와 아내 셋이서 움직였다. 3개월은 눈 깜짝할 사이에 지났다. 병원 직원들이 환영회와 송별회를 열어 주어서 감사했다.

다시 히젠으로 돌아오다

3개월 오키나와 생활을 마치고 히젠으로 다시 돌아오게 되었다. 아내와 두 살 미호는 배 여행은 시간이 오래 걸리고 힘들어서 먼저 비행기로 돌아갔다. 그리고 후쿠오카공항에서 시모노세키의 시댁에 가서 잠시 머물다 돌아오기로 했다. 나는 나하항에서 다시 페리 퀸·코럴호를 타고 가고시마항으로 갔다. 뱃멀미로 인해 상당히 힘들어서 배 안에는 옆으로 누워있는 사람이 많았다. 가고시마에서 히젠의 숙소까지 드라이브하면서 돌아왔다. 관사 주변은 아무 일도 없었던 것처럼 쥐 죽은 듯이 조용했고 인기척도 없이 쓸쓸한 분위기였다. 이윽고 시모노세키 시댁에서 아내와 미호가 돌아왔다. 한편 병동 쪽은 변함없이 바쁘게 돌아가고 있었다. 처음에는 오키나와의 여유로웠던 시간 감각과 달리 히젠의 빠른 시간 감각에 당혹감을 느꼈다. 본토에서 움직이는 시간은 어찌 되었든 빨랐다. 점차 익숙해졌지만 오키나와의 유유자적한 시간이 그리웠다.

결국 오키나와에 출장 가기 전과 바뀐 것은 하나도 없었고, 급성 정신분열증 환자 중심의 진료와 뒷바라지에 바쁜 나날을 보내는 일상으로 다시 복귀했다.

문득 정신을 차려보니 내 나이도 30세 가까이 되었다. 이 무렵부터 여러 불안이 마음속에서 일어나기 시작했다. 즉 나 자신의 미래에 대한 초조감과 불안이다. 이대로 생활해도 괜찮은 건가, 이대로 히젠의 한 시골구석에서 일반의(一般醫)로 묻혀버리는 것은 아닌가, 일개 정신과 임상의로서 미래의 전망도 지위도 없이 끝나는 것은 아닌지 번민하였다. 현 상황을 벗어나기 위해서 뭔가 특별한 수단이 없을까 계속 생각했다. 연구를 한다고 해도 특별히 하고 싶은 연구 테마도 없었다. 대학으로 되돌아가는 것도 지금까지의 경위로 봤을 때 생각할 수 없었다. 나는 도대체 무엇을 하고 있는 것일까? 어떻게 하면 좋을까? 마음은 점점 타들어 갈 뿐이었다. 정신과 의사로서 무력감도 깊어져서 자신의 정체성을 찾을 수 없게 되었다. 어찌할 바를 모르고 번민하는 나날을 보내고 있었다.

신경화학 연구의 길로

미래에 대해 고민하고 있던 그 무렵이다. 히젠요양소 내에 있는 신경화학연구실 주임 우치무라 히데유키(內村秀幸) 선생님이 자신의 연구실에 들어와 신경화학 실험을 도와 달라고 부탁하셨다.

우치무라 연구실에서는 그 당시부터 세계 수준의 연구성과를 올리고 있어서 인력이 계속 부족한 상황이었다. 실험내용은 쥐 뇌 기능을 제어하는 뇌내 신경전달물질의 초미량 측정이었다. 쥐도 인간의 뇌처럼 대단히 복잡한 구조를 가지고 있으며 각 부위가 각각의 기능을 가지고 있다고 생각되었다. 뇌를 꺼내서 미세한 절편을 잘라내어 각 미세 부위의 다양한 효소의 활성을 측정하는 것으로 각 신경전달물질의 뇌내 분포를 명확히 고찰하는 연구였다. 그 연구는 실로 엄청난 시간과 노력이 필요했고 다양한 실험 기계의 조작을 거쳐야만 겨우 데이터가 나오는 것이었다. 그래서 그 데이터만으로도 즉시 세계 일류 저널에 게재될 정도였다.

연구실에는 우치무라 선생님 이외에도 사이토 마사시(斉藤雅), 히라노 마코토(平野誠), 나카하라 히데오(中原英雄, 규슈대학 이공학부)와 마쓰모토 다카시(松本孝, 연구검사기사) 등이 열심히 연구와 실험에 몰두하고 있었다. 저녁 5시까지는 평상시대로 진료를 보고 그 후에 실험에 착수하는 식이었다. 실험은 한번 시작하면 일단락될 때까지 중단할 수 없기 때문에 심야까지 계속되는 것이 보통이었다. 그리고 다음 날 아침은 수면부족으로 졸린 눈을 비비면서 환자 진료를 봐야 했다.

▲ 1978년경 신경화학연구실 멤버들
(히젠요양소 현관 앞, 오른쪽에서 세 번째가 우치무라 선생님)

처음에는 생화학실험 등은 다루어 본 적도 없는 일이라서 돌아가는 사정을 전혀 알지 못했다. 과연 잘해 나갈 수 있을지 자신이 없었다. 그러나 그 의뢰는 미래에 대해 고민하고 있었던 나에게 현재의 상황에서 빠져나갈 수 있는 한 줄기의 광명처럼 생각되었다. 호랑이 굴에 들어가지 않으면 호랑이 새끼를 잡을 수 없는 것과 마찬가지였다. 고민 끝에 신경화학연구실에 들어가기로 결정했다. 결국 이 결단이 나와 가족의 미래를 크게 바꾼 전환점이 되었다.

처음에는 단지 견학하는 수준이었다.

모든 동료들과 선배들의 실험 조작을 보고 도와줄 일이 있으면 돕는 형태였다. 어설프게 손을 대서 실험의 방해가 되어서는 안 된다. 모두 진지함 그 자체였다. 보고 배우면서 조금씩 실험 기술에 관해서 익혔다. 심야까지 계속되는 실험은 고통스러웠지만, 죽는 소리를 할 수도 없고 견딜 수밖에 없었다.

인내를 거듭한 결과 1년 정도 지났을 무렵, 조금씩 나만의 실험을 할 수 있게 되었다. 처음에는 역시 잘 되지 않았다. 그러나 인내와 노력이다. 조금씩 선배들의 조언과 지도를 받으면서 데이터가 나오게 되었다.

연구실에 들어가서 2년 정도 지나자 대략 데이터를 낼 수 있었다. 소논문 한 편에 해당하는 것이었다. 우치무라 선생님께서 그 데이터를 정리해서 해외 저널에 투고하라고 하셨다. 그러나 그 뒤가 더 큰 일이다. 심혈을 기울여 데이터를 내는 것에 1년 그리고 익숙하지 않은 영문으로 정리하는데 수개월에서 반년 걸린다. 그 후 해외의 일류 저널에 원고를 보낸다. 그것으로 끝이 아니다. 해외 잡지에는 보통 2~3명의 논문 심사자가 있고 모두 그 방면의 전문가들이다. 그들이 논문을 읽고 그 잡지에 게재할 가치가 있는지 없는지 독자적으로 판단하는 시스템이다. 그 결과, 미숙한 영어, 실험 기술, 방법, 결과의 고찰 등에 대해 날카로운 지적들이 많았다. 예상대로 논문의 수정이나 정정, 고찰의 보충 등 많은 수정사항이 날아왔다. 서둘러 실험의 보충과 논문을 정정해서 다시 송부했다. 그 결과로 게재인지 불합격인지 결정되는 것인데, 다행히 재투고가 수리되었다.

그 통지를 받았을 때는 정말로 하늘이라도 오를 것 같은 기분이었다. 지금까지의 노력이 드디어 인정받아 내 논문을 세계 다른 연구자들이 읽는 것이다. 노력한 보람이 있었다. 출판될 때까지 원고의 교정본을 보내온다. 수정해야 할 부분을 수정해서 다시 보내면 본인쇄에 들어간다. 인쇄 후 논문 발췌본을 수십 부 정도 보내온다. 얼마 지나지 않아서 전 세계 연구자에게서 복사 요청의 엽서가 도착하게 되었다.

엽서의 주체는 영미권만이 아니라 동유럽, 소련, 중남미에서 온 것도 있었다. 내용은 '당신의 연구논문을 읽었다. 흥미롭다. 그러니 한 부 발췌 인쇄해서 보내주세요'라는 것이었다. 기뻤다. 논문에 따라서는 연하장 다발처럼 많은 인쇄 요청이 온 적도 있다. 즉시 발췌 인쇄본을 국제우편으로 보냈다. 그리고 영문저널에 투고하기 전에 국내 전문학회에 논문을 내고 발표했다. 이러한 과정은 정신적으로 큰 자극과 자신감으로 연결되었다. 자기만족의 면도 있었지만 나도 일약 연구자 축에 끼게 됐다는 격앙된 기분이었다. 그러나 유감스럽게도 대학에 적이 없기 때문에 박사학위는 취득할 수 없다. 하지만 세계 최고의 잡지에 내 이름이 오른 것만으로도 충분했다.

우치무라 선생님 팀의 연구논문은 연구실 전원의 이름으로 투고되었다. 다른 선생님이 쓴 논문이라도 뒤쪽이기는 하지만 JS KIM이라는 내 이름이 오른다. 공동연구라는 것으로 그것도 기쁜 일이다. 우치무라 선생님이 모든 연구원을 소중하게 여기는 자세의 발로이고 존경할 부분이기도 하다.

이후 데이터가 나올 때마다 학회발표를 하고 영문잡지에 투고하는 습관이 들었다. 정신없이 연구에 몰입했던 시기였다. 그러는 중 우치무라 선생님이 권유해서 사이토 씨, 히라노 씨와 함께 세

명이서 덴마크 코펜하겐에서 열리는 국제신경화학학회에 출석한 적이 있다. 그때는 히라노 씨가 논문발표를 했다. 간 김에 스웨덴, 노르웨이, 덴마크 등을 두루 둘러보고 즐거운 추억이 되었다. 이 때 절실히 느낀 것은 영어 토론 능력이었다. 일본에서 온 연구자 들은 보통 발표만 할 뿐 영어로 토론이 안 된다. 가장 문제는 질문 스피드가 빨라서 못 알아듣기 때문에 쩔쩔매게 된다. 일본 영어교 육의 미흡한 부분을 다시금 느꼈다. 읽기, 쓰기 이외에 토론하고 자신의 의견을 주장하는 것이 중요하다. 이것은 하루아침에 되는 문제가 아니다. 최근에는 조금 나아지고 있지만 아시아 여러 나라 중에서도 일본은 뒤떨어진 것은 아닌가 한다. 일본인은 영어가 서 투르다는 평가가 계속되고 있다. 그렇지만 여러 가지 즐거운 체험 을 할 수 있게 되어서 감사드리고 싶다.

우치무라 연구실에서 쓴 논문은 세 편 정도이다. 그것에 더해서 『뇌와 마음』이라는 책의 1장을 기술했다. 그때까지 4년 걸렸다. 새롭게 연구원이 된 선생들에게도 조금은 조언하기도 했다. 열등 감을 극복하고 싶다는, 말하자면 자존심이나 정체성도 상당히 되 돌릴 수 있었던 시기였다.

과장 승진 문제

그 무렵 과장 승진 문제가 제기되었다. 당시는 대학 졸업연도나 취직연도가 빠른 순서대로 과장으로 승진하는 구조였다. 나보다 선배인 의사들은 다들 순탄하게 과장으로 승진했다.

그러나 내 차례가 되자 갑자기 문제가 생겼다. 외국 국적이기 때문에 과장이 될 수 없다고 했다. 그 이유는 과장은 관리직으로 국가권력을 행사하는 입장이기 때문이라는 것이다. 관리직이라는 말을 처음 들었다. 후생성 본청에서 내린 통첩이었다. 그러나 과장이 된다고 해도 하는 업무는 일반의(一般醫)와 특별히 다르지 않다. 권한이 많이 느는 것도 아니다. 당시 실제로 나는 일반의 신분으로 여성병동의 과장급으로서 일하고 있었다. 단지 급여 면에서 과장수당이라는 관리직 수당이 붙어 약간 월급 차이가 있었을 뿐이다. 그것도 미미한 수준으로 그 정도의 차이인 것이다.

그러나 당시는 후생성 관할 병원에서는 그 논리가 통용되고 있었다. 이 문제로 사메지마 겐(鮫島健) 부소장은 상당히 곤란했던 것 같았다. 후생성에 문의했지만 소용없었다. 당시 히젠에서 WHO에 파견 나갔던 신후쿠 나오타카(新福尚隆) 씨가 후생성 본청에 있었던 관계로 신후쿠 씨도 총무성까지 가서 문의를 했으나 안 된다고 들었다. 국가의 행정은 정말 폐쇄적이고 차별적인 체질이었다. 외국인을 배척하기 위한 억지주장에 지나지 않았다. 결국 과장 승진은 그만둘 수밖에 없었다. 그렇다고 귀화해서 일본 국적을 취득하면 어떠냐는 말은 나오지 않았다. 그러나 다른 상사에게 민간병원으로 옮기는 것은 어떠냐는 친절을 가장한 기만적인 조언을 들었다. 그 말을 들었을 때 그 무신경에 몹시 실망하였다.

더욱이 그 후 정신위생감정의 자격 취득의 문제가 생겼다. 이것은 현재는 법률이 바뀌어서 정신보건지정의로 호칭이 바뀌어 외국 국적이라도 취득이 가능하게 되었다. 당시 정신위생감정의의 일은 자상타해(自傷他害)의 위험성이 높은 정신질환자를 진찰하고 강제입원에 해당하는지를 결정하는 권한이 있었다. 이것도 내 경우는 공권력 행사에 해당한다는 이유로 취득할 수 없었다. 이러한 행정차별도 국립의료기관 히젠요양소의 환경에서 벗어나고 싶은 큰 요인이 되었다. 일반의로 싼 월급으로 혹사당하기만 하는 것도 정말 싫었다. 요컨대 국적 문제였지만 국적 취득도 여러 규제를 만들어서 제한을 두고 있었다. 이렇게 차별하고 억압하는 쪽에 무리하게 서야 하는 귀화 따위는 거부하는 수밖에 다른 방도가 없었다.

이후 이 굴욕감을 극복하기 위해, 아울러 더 좋은 논문을 쓰기 위해서 나는 연구에 한층 더 매진하게 되었다.

미국 유학의 길

그 후 선배 사이토 마사시(斉藤雅) 씨가 미국 뉴욕대학으로 유학을 떠났다. 가끔 미국 생활이나 연구실 상황과 연구내용에 대해서 의국으로 편지를 보냈다. 미국 생활 소식을 듣고서 나도 미국 유학을 가고 싶다는 소망이 싹텄다. 그래서 실험하는 사이사이 시간을 내어 도서관에서 관심이 가는 연구실을 조사해 거기 책임자에게 연구원으로 채용해 달라는 편지와 함께 내 논문도 같이 송부했다. 유감스럽게도 전부 정중하게 거절당했다. 그 무렵에 대학 신경화학연구실 소속의 이토 마사토시(伊藤正敏) 씨도 미국 네브래스카대학(네브래스카주, 오마하시)으로 유학을 갔다. 점점 마음이 초조했다.

내 난처한 심정을 헤아려 주셨던지 우치무라 선생님께서 구원의 손길을 내밀어 주셨다. 선생님께서 유학하셨던 미국 코네티컷 주립대학의 자코비니 선생님에게 나를 소개해 주셨다. 그 당시 자코비니 선생님은 동부 코네티컷대학에서 중서부 일리노이주 스프링필드시에 있는 남일리노이대학 의학부의 약리학 부장으로 영전된 상태였다. 즉각 받아주겠다는 답장이 왔다. 그리고 연구에 관한 자료와 테마도 구체적으로 명시되어 있었고 준비해야 할 것도 알기 쉽게 기술되어 있었다. 기간도 2년으로 급료도 나온다고 했다. 우치무라 선생님 덕분에 내 유학처가 결정되었다. 그러나 기쁜 마음이 큰 반면에 과연 내가 잘 할 수 있을까 하는 불안감도 컸다. 그러나 이미 결정된 일이고 최선을 다하는 수밖에 없다고 자신을 설득했다. 즉시 미국에서의 연구에 관해서 준비를 시작했다. 점점 지금의 답답한 환경에서 벗어날 수 있다는 기쁨이 커져갔다.

그러나 또다시 국적 문제로 시달려야만 했다. 선배인 사이토 씨는 국가공무원으로서 관용여권으로 미국에 갔다. 한편 나는 외국 국적이어서 자격미달로 국가공무원도 안 되고 관용여권으로도 갈 수 없다는 것이었다. 결국 병원을 휴직하고 한국 여권으로 갈 수밖에 없었다. 관용여권의 경우, 공무로 가는 것이기 때문에 급여는 현직에 있을 때와 같이 전액 지급된다. 그러나 휴직의 경우는 휴직수당만 지급되므로 경제적으로 매우 불리하다. 여기에서도 국적의 두터운 장벽을 새삼 느꼈다. 그러나 유학처에서 한 달에 1,500달러 지급된다고 하니 당시 환율은 1달러 240엔 정도여서 괜찮은 편이었다. 또 조금씩 모아둔 저축과 얼마 안 되는 휴직수당을 더하면 그럭저럭 되지 않을까 했다. 아내의 친정에서도 유학축하금을 받았다.

06

미국 유학

유학 준비와 도미

미국에서 공부할 연구자료를 준비하는 틈틈이 도미 준비를 했다. 한국 국적이어서 미국 비자 취득과 일본 재입국 수속이 필요했다. 미국 체재 비자를 취득하기 위해 오호리공원(大濠公園)에 있는 미국영사관에 갔다. 아무런 문제도 없이 비자를 받을 수 있었다. 그때는 가족도 둘째 딸 마리와 셋째 딸 미에가 태어나 모두 5명이 되었다. 그 당시 살고 있었던 오노조 집을 다행히 2년간 빌리고 싶다는 사람이 있어서 세를 놓았다. 그 월세는 주택대출금의 지불에 사용했다.

다시 가족 5명의 재입국허가를 받으러 일본출입국관리소에 갔다. 거기에서 또 한 번 놀랐다. 재입국 기한이 1년간이기 때문에 일시귀국(재입국)이 필요하다는 것이었다. 단 해외영사관에서 신청하면 1년간 연장이 된다고 했다. 즉, 최장 2년 이내에 일본에 돌아오지 않으면 재입국 불가로 재류자격을 잃어버리게 된다. 일본의 섬나라 근성이나 폐쇄성, 배척주의에 다시 한번 놀라 어이가 없을 지경이었다. 일본 국적이 아니어서 관용여권도 쓸 수 없고 휴직처리로 개인용 여권을 사용할 수밖에 없었다. 게다가 재입국까지 엄격하게 제한하고 있었다. 유학하는 것도 국가공무원(국립병원)으로 가는 것이고 일본국을 위한 일이다. 그러나 제도가 그렇게 되어있으니 어쩔 도리가 없다고 해서 단념했다. 재일한국인으로서 한마디 하면, 나는 전후 출생이지만 1951년 샌프란시스코 평화조약까지는 그럭저럭 명색이나마 일본 국적이었다. 그 평화조약 이후 일방적으로 외국인이 되어버렸다. 인권유린이 너무 심하다고 말할 수밖에 없다.

마지막으로 규슈대학 정신과 나카오 히로유키(中尾弘之) 교수에게 유학 가기 전에 인사하러 갔다. 대학을 그만두고 국립 히젠요양소에 취직할 때, 학원분쟁의 여파가 있어서 어색한 사이였으나 교수의 추천장이 필요해서 머리를 숙이고 부탁하러 갔다. 교수가 별말 없이 서류에 사인을 해줘서 솔직히 안심했다. 그리고 고마웠다.

이것으로 공적인 유학 수속 준비는 모두 끝났다. 나머지는 항공권을 사고 미국 유학처에서 신세를 지게 될 유학 중인 일본인 의사들에게 인사장을 보내면 된다. 항공권은 당시 후쿠오카교회 친구 최백운(崔白雲) 씨가 대한항공 후쿠오카지점에 근무하는 관계로 그에게 부탁했다.

보통 일본항공으로 가면 후쿠오카 - 나리타(成田) - 시카고 - 스프링필드의 루트로 도중 2번 환승으로 끝나지만, 그 당시 대한항공은 서울 - 시카고편이 없고, 서울 - 로스앤젤레스편뿐이어서 로스앤젤레스에서 입국수속을 하고 국내선으로 갈아탈 필요가 있었다. 따라서 항로는 후쿠오카 - 서울 - 로스앤젤레스 - 세인트루이스 - 어바나·샴페인 - 스프링필드 순이었다. 도중에 3번이나 비행기를 갈아타야 하는 여정으로 앞날이 걱정되었다. 초행길이고 영어도 잘 못 하는데 로스앤젤레스에 입국해서 짐을 찾아서 다시 국내선 탑승수속을 하고 짐을 맡겨야만 했다. 정말로 마음이 무거웠다. 그러나 어떻게 되겠지 하고 자신을 납득시켰다. 그러나 아이들에게는 너무 긴 비행기 탑승과 시차로 인한 피로가 걱정이었다.

후쿠오카공항에는 후쿠오카교회의 많은 분들이 배웅하러 나오셨다. 기쁜 반면 몸이 바싹 긴장되는 것을 느꼈다.

후쿠오카에서 스프링필드까지 꼬박 24시간은 걸린 것으로 기억하고 있다. 도중에 로스앤젤레스에서 갈아탈 때 시간이 걸렸다. 겨우 세인트루이스까지 도착해서 다음 환승 비행기를 기다리는 동안 미호와 마리는 피곤과 시차로 축 늘어졌다. 한편 막내 미에는 유모차에서 잘 자고 있었다. 어쨌든 시차가 10시간이나 났다. 정말로 먼 곳까지 왔구나 생각하면서 한편으로는 가족을 힘들게 해서 너무 미안했다.

스프링필드 공항은 중서부 일리노이주에 있는 작은 공항이다. 공항에는 자코비니 교수 부부가 마중 나와 있었다. 선생님 부부는 우리 가족 5명이 줄줄이 내려오는 것을 보고 놀라는 눈치였다. 여하튼 인사를 부랴부랴 주고받고 선생님의 차로 미리 정해 둔 아파트로 향했다. 가는 도중에 햄버거가게에 들러 요기도 했다.

아파트는 2층짜리 공동주택의 1층 부분으로 2LDK 정도 크기였다. 크기는 딱 좋은 크기였으나 아이들 3명은 한 방에서 지내기로 했다. 아무것도 없는 아파트 거실에 한 송이 꽃이 테이블 위에 있었던 것이 인상적이었다. 교수 부인의 친절한 마음씨가 느껴졌다. 그날은 가족 5명 모두 너무 지쳐서 그대로 쓰러져서 깊은 잠에 빠졌다. 마침내 긴 여행이 끝났다는 실감이 났다.

일리노이주 스프링필드시

남일리노이대학(SIU) 의학부가 있는 스프링필드시는 중서부 일리노이주 최대 도시 시카고와 미주리주 세인트루이스의 거의 중간에 위치하는 소도시로, 인구는 십만 명 정도였다. 시카고까지는 200마일(320km), 세인트루이스까지는 100마일(160km) 거리에 있고 미국 중서부 대평원의 한가운데에 위치하고 있다. 이 도시는 미국 제16대 대통령 아브라함 링컨의 출신지이고 또 일리노이주 수도(capital city)로 잘 알려져 있다. 시내에는 링컨이 자란 숲속의 오두막집이나 변호사 시절의 집, 대통령이 되어서 미국 수도 워싱턴 D.C로 출발한 철도역, 링컨기념관이 있어서 관광객도 상당히 많았다. 링컨이 미국인 사이에서 존경받는 인물이라는 것을 새삼 느낄 수 있었다. 그의 가장 큰 업적은 흑인 노예해방과 남북전쟁을

▲ 미국에서 살았던 아파트 앞에서 아내와 재방문시(스프링필드시)

승리로 이끌었다는 점일 것이다. 또한 수도 워싱턴 D.C에도 거대
한 링컨기념관과 링컨 동상이 있다. 스프링필드는 주의 수도라는
이유로 시내에는 훌륭한 주지사 공관(Governor's mansion)이나 주
의사당(State Capitol)이 있다. 미국 도시는 거의 비슷하지만 시내에
는 큰 공원이 흩어져 있어서 휴일에는 많은 시민들의 휴식처가 되
고 있다. 바비큐 시설도 완비되어 있다.

　대학 의학부는 시 북쪽에 위치해 있고 대학병원도 병설되어 있
었다. 연구동은 병원 부분과는 별도의 건물에 있었고 연구실이 있
는 약리학부는 연구동의 몇 층인가 한 층 전체를 사용했다. 우리
가족이 사는 아파트에서 차로 20분 정도 거리였다.

　실은 대학의 다른 학부는 대학 본부가 있는 주 남쪽 카본데일

에 있지만 의학부만 북쪽 스프링필드에 있었다. 그 이유는 잘 모르겠으나 입지나 인구와 관련이 있는 것으로 생각한다. 그 때문에 연구실의 상호교류기관은 오히려 차로 1시간 정도 걸리는 어바나·샴페인에 있는 주립 일리노이대학이었던 것 같다.

스프링필드에서의 생활

스프링필드의 아파트 도착 다음 날, 즉시 교수 부인이 찾아와서 부인 차로 생활에 필요한 수속이나 쇼핑에 동행해 주었다. 특히 아이들의 초등학교 편입수속, AAA(미국자동차협회) 입회수속, 사회보장번호 취득 등의 수속도 도와주었다. 또한 생활용품 구입을 위해 쇼핑몰, 슈퍼마켓, 백화점 등도 안내해 주었다. 자동차 국제면허증은 받아서 가지고 갔으나 아직 익숙하지 않아서 자신이 없었기 때문에 대단히 도움이 되었다. 차는 먼저 귀국하는 일본인 연구자에게 싸게 두 대 구입했다. 미국은 자동차 사회이다. 내 출퇴근용과 아이들의 등하교와 쇼핑을 위해 아내 차도 필요했다. 차는 커다란 미국 차였다. 내 차는 오래된 쉐보레 카프리스, 아내의 차도 오래된 더치 모나코로, 모두 4~5천cc의 배기량으로 연비가 극단적으로 나빴다. 여하튼 리터 당 4~5km밖에 달리지 못했다. 게다가 오일이 심하게 새서 정기적으로 슈퍼에서 사 온 오일을 계속 넣어야만 했다.

나중에 사이토 씨에게 들었는데 그는 도미 후 지도교수에게 아

▲ 남일리노이대학 연구동 정면(아내와 재방문시)

무런 도움도 받지 못했다고 한다. 언제부터 연구실 출근이라는 말만 전달받은 것이 고작이었다고 했다. 그 때문에 집 구하기, 아이들 학교수속 등으로 매우 고생했다고 들었다. 그런 부분에서 자코비니 선생님은 유럽 출신으로 유학생을 잘 돌보는 등 세세한 배려를 해 주셨다. 다른 사람의 이야기를 듣고 새삼 자코비니 부부에게 진심으로 감사했다.

생활용품이나 식료품 구입 등으로 허둥지둥하고 있는 사이에, 무사히 미국에 도착했다고 일본의 부모님께 연락하는 것을 완전히 잊어버리고 있었다. 그러나 전화기만 설치했을 뿐 일본으로 국제 전화하는 방법도 몰랐다. 시모노세키 부모님은 오래도록 연락이 없으니 걱정이 되어 일부러 히젠요양소까지 찾아갔다고 한다.

요양소는 난생처음 방문한 것이라 고생하셨을 것이다. 부모님은 우리 아이들에 대해 많이 걱정했던 모양이다. 거기서 응대해 준 사이토 선생님이 스프링필드 연구실로 직접 전화를 걸어주어서 무사히 도착한 것을 확인하시고 안심해서 돌아가셨다고 나중에 들었다. 너무 죄송했다. 그 후 시모노세키 집에 전화를 걸어서 "연락이 늦었지만 모두 건강하게 잘 지낸다. 걱정 끼쳐서 죄송하다"고 사죄했다. 그 이후로 한 달에 한두 번은 전화를 걸려고 신경을 썼다.

그럭저럭 집도 안정되고 아이들도 학교에 다니기 시작했다. 미국에서는 부모가 아이를 데려다주고 데려오는 것이 당연한 일이다. 미호와 마리는 같은 초등학교에 다녔다. 학교에서 처음에는 말이 통하지 않았지만 반 아이들은 외국에서 왔다는 이유로 둘에게 흥미진진한 것 같았다. 일본에서 미호는 피아노를 배웠기 때문에 자랑삼아 피아노를 연주했더니 모두에게 박수를 받았다고 기뻐했다. 반 아이들은 편안하게 다가와서 이것저것 관심을 가지고 물으러 온다. 여하튼 모두 긍정적이고 개방적이다. 우리 아파트에 묵을 작정으로 놀러 오는 아이가 있을 정도였다. 학교에서 아내가 일본 종이접기를 소개했더니 매우 기뻐했다고 한다. 거기에서는 국적이나 이름 등은 전혀 문제가 되지 않았다. 미호도 마리도 학교생활이 즐겁고 학급 친구들에게 금세 마음을 터놓은 것처럼 보였다. 영어도 어느 정도 시간이 지나자 정도의 차이는 있지만 의사소통이 가능해지게 되었다.

셋째 미에는 2세부터의 어린이집(Sunshine School)에 다녔다. 거기에서도 다른 아이들과 잘 어울리고 즐겁게 생활하는 것 같았다.

한편 아내는 영어학습을 위해 ESL(제2언어로서의 영어)에 다니면서 영어공부를 시작했다. 교실에는 외국에서 온 이민자들로 영어를 못 하는 사람들이 모여 있었다고 한다. 미국은 이민사회이기 때문에 이민자를 위한 영어교육뿐만이 아니라 사회교육, 직업훈련코스 등도 많이 준비되어 있어 이민 정착지원이 폭넓게 실행되고 있었다. 학교 페스티벌에서 자국의 문화를 소개할 때, 아내가 한복을 입고 붓글씨를 써서 모두가 기뻐했다. 모두들 자신의 나라를 자랑했고 즐거워했다고 한다. 아내도 스프링필드 생활을 마음에 들어 했고 편하고 밝게 즐기는 것처럼 보였다. 일본 사회에서 느꼈던 국적이나 이름의 차이에서 오는 꼴불견이 없다는 점이 좋았다. 아파트 근처에 일본에서 유학 온 몇 쌍의 가족들이 있었다. 어린아이를 데리고 온 가족과는 친하게 지냈다. 한편 단신으로 혹은 아이가 없는 부부와의 교류는 적었다. 지역에서의 교류는 가족단위가 많았다. 여러 가지 행사가 많아서 우리들도 아이를 데리고 참가하기 때문에 자연스럽게 친해진다. 역시 유학은 가족과 함께 가는 편이 힘든 부분도 있지만 단연 즐거움과 귀중한 체험도 많이 할 수 있다.

약리학연구실

연구실 주임 자코비니 선생님은 약리학부의 학부장을 겸하고 있었다. 약리학부에는 약 7개 연구실이 있고 각각의 연구실에 교

▲ 1985년 1월 남일리노이대학 약리학연구실 스태프(오른쪽 끝이 자코비니 교수)

수가 있었다. 그 교수들의 멤버를 보고 깜짝 놀랐다. 대만, 인도, 미국 출신 등 다채롭다. 더욱이 그들 중에는 외국 국적도 있어서 더 놀라웠다. 자코비니 선생님도 이탈리아 출신으로 미국 시민권 자는 아니었다. 미국에서는 국적이 문제가 아니라 완전한 실력 위 주인 것을 깨달았다. 실력 그 자체로 주립대학 교수나 학부장이 될 수 있는 것을 보고 신선한 놀라움 자체였다. 일본과는 비교도 되지 않았다. 당시 일본에서는 일본 국적이 없으면 교수는 물론 병원 과장급도 될 수가 없었다. 얼마나 폐쇄적인 나라인가! 미국 이 아무리 이민국가라고 해도 이 정도로 국제적으로 열려 있는 줄 은 몰랐다. 미국이 자연과학 그 외 많은 다른 분야에서 세계를 리

드하는 이유는 이것이라고 생각했다. 세계 곳곳의 우수한 과학자나 연구자가 도미해서 마음껏 활약하는 기회를 얻어서 새로운 발견을 차례차례 이룩해 가는 사회가 미국이다. 한편으로는 심한 경쟁사회라고 말할 수 있을 것이다.

자코비니 연구실도 또한 국제적이었다. 나 이외에도 연구원은 미국인 톰, 아르헨티나 마르타, 거기에 대학원생으로 멕시코 출신인 마리아가 있었다. 각각 자신의 연구테마를 가지고 연구에 힘쓰고 있었다. 모두 친절하고 개방적이어서 마음을 터놓았다. 나에게는 미국인 엘리자베스(통칭 리즈, 50대)가 조수로서 실험을 도와주었다. 리즈 씨는 매우 싹싹한 사람으로 여러 가지로 신세를 져서 감사했다.

연구에 대해서

나에게 주어진 연구테마는 어떤 뇌내 미량활성물질인 피페코린산의 초미량 측정이었다. 자코비니 선생님과 의논하면서 실험기구나 약품 또는 실험동물들을 갖출 필요가 있었다. 처음에는 실험장치로서 약리학부 인도 교수 연구실에 초미량 측정이 가능한 '가스·마스(GC-MS)[역주: Gas Chromatograph(함유량분석장치)·Mass Spectrometry(질량분석법)]라는 기계가 있다는 것을 듣고 그 장치를 한 번 사용해 보고 싶었다. 그 장치를 관리하는 기사의 도움을 받아 어느 정도 미량물질을 측정할 수 있는가 검토해 봤다. 하지만 유

▲ 1985년 1월 남일리노이대학 의학부 약리학 연구실에서

감스럽게도 장치의 정비나 관리가 불충분해 내가 원하는 정밀도를 얻을 수가 없어서 가스·마스 기계 사용은 포기하였다. 그러나 다른 연구실과 손쉽게 상호 협력을 할 수 있다는 것을 알게 되었다.

계속해서 다른 실험장치(HPLC)를 시도해 보기로 했다. 이 장치의 기존 방법으로는 감도가 부족했기 때문에 보다 감도가 높은 최신장치가 개발되어서 그것을 구입하기로 했다. 그 최신장치의 생산지가 인디애나주 주립 퍼듀대학에 있었다. 어느 날 자코비니 선생님과 같이 그 대학을 방문했더니 대학캠퍼스 내 실험장치 제조회사에서 실물을 보여주었다. 그때 놀랍게도 자코비니 연구실이 있는 스프링필드 공항에서 퍼듀대학으로 직접 경비행기를 타고 날아갔다. 4~5명이 탈 수 있는 작은 세스나기였다. 미국은 광대한국토인지라 조금 먼 거리는 자가용 비행기를 자주 이용하는 것 같았다. 말로만 듣던 자가용 비행기도 처음 타보았다.

퍼듀대학의 실험장치를 구입해서 드디어 실험을 시작하게 되었다. 처음 쓰는 기계라 방법을 잘 몰라서 고생을 많이 했다. 아침부터 밤까지 장치와 씨름하면서 시행착오의 나날이었다. 그러나 조수 리즈 씨 덕분에 많은 도움을 받았다. 영어회화를 포함해 이것저것 생활에 필요한 상담도 해 주었다. 점심을 항상 다른 동 카페테리아에서 함께 먹었다. 식사하면서 미국 사회나 생활습관, 사회습관 등에 관해서 서로 얘기하거나 물어보거나 했다.

그중에서 인상에 남은 점이 두 가지 있었다. 하나는 리즈 씨가 수표를 쓰고 있었던 것이다. 당시 개인용 은행수표로 지불하는 것을 자주 보았고 다른 미국 시민들도 거의 가지고 있었다. 나도 현금과 함께 가지고 다니면서 아파트 집세 등은 수표로 지불했다. 리즈 씨에게 수표의 목적을 물어보자 수표를 쓰면 복지시설이나 자선단체에 소액의 수수료가 간다고 한다. 즉 여기저기의 단체에 기부한다는 것이다. 리즈 씨 월급은 연구실 실험조교라서 결코 많지는 않았을 것이다. 그러나 그 결핍 속에서도 보다 가난한 사람들에게 기부를 하고 있었던 것이다. 독실한 천주교 신자라고는 들었지만 당연한 듯이 행하는 자선행위와 그 봉사정신에 크게 감동을 받았다. 미국인에게는 서로 도와주는 상호정신이 정착되어 있는 것 같았고 이러한 점은 본받을 점이라고 생각했다. 성공한 미국 대부호가 대학이나 병원, 그 밖의 사회복지 시설에 기부하는 형태로 사회에 부를 환원하는 뉴스를 자주 듣지만, 일반 시민들에게도 뿌리내린 정신에서 오는 행위일지도 모른다고 느꼈다.

또 하나는 흔쾌히 입양을 하는 정신이다. 신문에서 자신의 친자식 외에도 열 명 정도 입양을 한 부부가 있다는 기사를 읽었다. 궁금해서 입양에 대해 리즈 씨에게 물어봤다. 양자를 받아들이는 이유와 아이들이 성인이 된 후의 일이나 자신의 친자식과의 대우 차이 등에 대해 물어봤다. 아이들은 성인이 되면 각자 자립하게 되고 그때까지는 원조를 한다. 더욱이 양자와 친자 간의 차이는 전혀 없다고 했다. 예를 들어 유산 상속도 전혀 차이가 없이 평등하다. 두 아이 간의 차이라고 하면 친자는 자신들 부부 사이에서 태어난 아이이고 양자는 다른 부부 간에 태어난 아이이다. 친자라고 하는 것은 자신들 부부의 유전적 요인을 받고 태어났지만, 자신들이 선택한 아이라는 것은 아니다. 소위 하늘에서 내려 주신 것으로 선택의 여지는 없다. 한편, 양자는 실제로 사진이나 아이를 보고 선택할 수가 있기 때문에 선택의 여지가 있다. 또한 친자와 양자의 차이는 오로지 하나로 태어날 때 어머니의 차이일 뿐이다. 양자 쪽이 직접 보고 접해서 즉 미리 보고 결정하는 것이 가능한 만큼 좋다는 식이었다.

이런 생각을 듣고 정말로 놀라웠으며 감탄할 뿐이었다. 미국인의 계약적 사고의 무게를 강하게 느끼게 해 주었다. 어떻게 동양적인 혈연관계와 전혀 다른 반대의 생각을 할 수 있을까? 가족 본연의 자세에 대한 양극단적인 발상이다. 미국에서는 아이가 성장하면 부모 곁을 떠나 자신의 힘으로 자립해서 살아가야 한다는 사회적 통념이 있어 그 영향이 있을지도 모른다. 동양적인 발상으로는 아이들은 성인이 되어도 가족과 두터운 유대관계를 유지하며 그 관계는 평생 변하는 일은 없다.

이상과 같이 서양과 동양의 사고의 차이를 접하면서 새로운 관점에서 배우는 것이 많았다.

이상했던 것은 리즈 씨가 미국 밖으로 나가 본 적이 없었고, 시카고에 한 번 가본 적이 있을 뿐이라는 것이었다. 의외로 미국 중서부 사람들은 자신의 생활권 내에서만 생활하고 미국 전체에 대한 것이나 다른 외국에 대해서 잘 모르는 사람이 많았다.

이와 같이 해서 2년간의 연구생활을 시작하였다. 한시라도 빨리 기계장치에 익숙해져서 데이터를 내는 것이 급선무였다. 아파트와 연구실을 왕복하는 활기차고 바쁜 나날이었다.

세미나에서 연구발표

대학에서는 정기적으로 여러 테마로 세미나가 열리고 있었다. 가끔 실험하는 사이에 틈을 내어 참가했다. 영어를 몰라서 절반도 이해할 수가 없었다. 가볍게 질문을 하거나 토론하는 것도 안 되고 잠자코 앉아 있을 수밖에 없었다.

어느 날 자코비니 선생님께서 나에게 세미나에서 발표를 하라고 하셨다. 일본에서 했던 연구에 대해서 소개하라고 해서 조금 당황했으나 고민 끝에 히젠의 연구 전반에 대해서 발표하기로 했다. 즉시 히젠에 편지를 띄워 사정을 설명하고 연구 데이터를 받왔다. 그것을 정리해서 영어로 바꾸어 30분 정도 강연을 했다. 많은 슬라이드를 준비해서 그것을 설명하는 형태였다. 영어가 서툴러도 원고를 읽으면 되니까 괜찮았으나 문제는 질의응답이다. 강연 후에는 여러 가지 질문이 이어지는데 그것에 대해서 영어로 대답하지 않으면 안 된다. 현지 영어는 스피드가 빠르기 때문에 좀처럼 이해되지 않는 것이 많았다. 질문의 의미를 모르면 대답조차 할 수가 없어서 같은 연구실에 있는 톰이 질문 의미를 천천히 영어로 설명해 주어서 많은 도움이 되었다. 진땀을 흘렸지만, 그럭저럭 자신의 역할을 다할 수 있어서 안도했다. 좋은 경험이 되었다.

주말의 즐거움

평일에는 연구실에서 하루가 저무는 일상이었지만 주말에는 한숨 돌릴 수가 있었다. 한 주에 이틀 휴무제가 철저하게 지켜지고 있었다. 약리학 연구실 간에도 서로 교류가 있어서 거의 매주 파티에 초대받았다. 여러 교수들 자택에서 식사를 하면서 즐겁고 번잡한 시간을 보냈다. 아이들까지 총출동할 때도 있었고 아내와 둘이서 갈 때도 있었다. 거기에서 여러 나라의 다양한 식사와 여러 가지 술을 마시면서 소통하거나 정보교환도 했다. 평상시에 이런 교류가 있었기에 연구실 사이에서도 협력관계가 매끄럽게 잘 진행되는 것이라고 생각했다. 작은 도시였기에 대단한 유흥거리가 없는 것도 자주 파티가 열리는 이유이기도 했다. 물론 차례가

▲ 유학 중에 연구실 동료들과 홈 파티

▼ 1984년 연구실 파티(동료 톰의 집)

▲ 미국 유학 중 일본인 유학생과 함께 홈 파티

돌아와서 나도 우리 좁은 아파트에 선생님들을 초대한 적이 있다. 아내가 주역으로 초밥이나 튀김 등 일본 요리를 만들어서 대접했다. 모두가 기뻐해 주어서 즐거운 시간을 보낼 수 있었다. 아내도 사회성을 발휘해서 다른 사람들과 잘 어울렸다. 한편 영어 실력이 좀 더 좋았더라면 더 잘 즐길 수 있었는데 하는 아쉬움도 있었다.

그 밖에 주말에는 슈퍼마켓이나 쇼핑몰에 쇼핑하러 갔다. 여기저기에서 유모차를 타고 있던 셋째 미에를 보고 많은 부인들이 미소를 보내거나 "어머, 예뻐라"라고 다가와서 말을 건넸다. 동양의 아기가 신기해 보였을 것이다. 우리도 백인 아기를 보고 귀엽다고 느끼는 것과 같은 감정이었을 것이다. 또 근처 공원에서 가족 모두가 피크닉이나 바비큐를 즐겼다. 워싱턴파크 공원에는 커다란 연못이 있었고 그 속에는 캣 피쉬(매기의 일종)가 많이 있었다. 햄이나 소시지를 미끼로 낚시하면 간단히 잡혔다. 집에 가져가서 요리해 먹었더니 담백하고 맛이 있었다.

그리고 일본에서 온 유학생이나 재미한국인 교회분들과의 교류에도 적극적으로 참가했다. 일본보다 정신적인 스트레스가 없었던 점이 무슨 일이나 긍정적인 마인드로 즐길 수 있었던 것 같다. 작은 시골 도시였지만 전혀 지루할 틈이 없었다.

재미한국인교회

스프링필드시는 일리노이주 중부에 위치한 인구 몇만 정도의 작은 도시였으나 거기에도 재미한국인교회가 있었다. 미국에는 한국에서 이민 온 사람들이 많이 있다고 들었지만 시골 작은 도시까지도 한국인 기독교 이민자들이 상당수 살고 있는 것에는 새삼 놀랐다. 그 교회 이름은 스프링필드 한인장로교회라고 했다. 일본에서의 습관처럼 일요일에는 가끔 가족 전원이 예배에 참석했다. 꽤 큰 부지에 단층으로 지은 교회였고 그런대로 튼튼한 예배당이었다. 매주 약 30명 정도 신자가 모였고 형식은 재일대한기독교교회와 거의 같았다. 단지 한국어 예배로 진행되어 그다지 이해가 되지는 않았다.

주일학교 아이들에게는 목사님이 영어로 어린이용 이야기를 어른 예배 전에 하고 있었다. 그 교회에는 놀랍게도 5명이나 장로가 있었다. 그중 4명은 그 지역에 개업해서 살고 있는 의사였다. 나머지 1명은 쇼핑몰에서 동양잡화를 취급하는 가게를 운영하고 있는 사람이었다. 모두 이민 1세로 서로 협력해 토지를 구입해서 교회당을 세운 것이라고 생각했다. 한국인은 이민을 가면 가장 먼저 교회를 세우고 일본인은 비즈니스 오피스를, 중국인은 중화요리집을 연다는 이야기가 있다.

한국인의 신앙심은 독실하고 전도도 열심이다. 교회는 예배와 기도하는 곳이기도 하지만 동시에 신자들과 교류의 장이기도 하며 서로 도움을 주는 장소이기도 하다. 사실 우리 가족은 자주 여러 가정에 초대를 받아 저녁을 대접받았다. 장로들의 집은 제각기 멋진 집이어서 풀장이 딸려 있는 집도 있었다. 견실하게 지역에 뿌리를 내리고 안정된 생활을 보내고 있는 것 같았다. 개업의는 지역사회에서 경제적으로 여유롭고 그런대로 엘리트라고 느꼈다. 그러나 그 자리까지 오기까지는 대단한 노력이 필요했을 것이

▼ 스프링필드 한인장로교회

라는 것은 말할 나위도 없다.

또 한편으로 일반 신자들은 실례지만 그다지 여유로워 보이지는 않았다. 어느 가정에 초대받아 물어봤더니, 여기에서는 일자리도 별로 없고 생활고로 조만간에 미주리주 세인트루이스시로 이사할 거라고 했다. 시카고 등으로 이주하는 사람도 많은 것을 보면 일자리가 많은 도시 쪽이 살기 쉬운 것 같았다. 그래서 신자들의 교체가 심했고 신도 수도 좀처럼 늘지 않았다. 그러나 5명 장로들의 협력 덕분에 젊은 목사 부부가 재직하고 있었다. 우리들이 체재하고 있을 때 목사님은 한국에서 와서 주립 일리노이대학에서 유학을 한 후, 미국 신학대학교를 거쳐 목사가 되어 스프링필드 한인교회에 부임한 지 얼마 되지 않았었다. 미국에서 교회 목사로서 봉사를 계속해 나갈 것이다. 다양한 이민 스타일이 있다는 것을 알게 되었다. 또한 당시 경제, 정치적으로 어려운 상황에 있던 한국에서 이주해온 이민자가 많다는 것을 다시금 실감하게 되었다.

반면, 일본에서 온 유학생들은 거의 일본으로 귀국했다. 마음이 일본으로 향하고 있기 때문이다. 그 요인은 정치경제가 안정되어 있고 귀국 후의 지위도 보장되어 있기 때문일 것이다. 또 언어의 문제, 즉 영어가 서투르다는 것도 하나의 이유로 볼 수 있다.

2016년 스프링필드를 다시 방문했을 때 그리운 옛날 한인교회를 방문했다. 예전과 거의 차이가 없었다. 그러나 신자들이나 목사님은 변해 있었다. 그래서 기억에 남아있던 사람들과는 만날 수가 없었다. 여하튼 30년 만의 방문이니 당연한 일이다. 예배에 출석한 목사님께 인사하고 교회 사진을 찍고 발걸음을 돌렸다. 유학했을 무렵과 재방문한 사이의 30년이라는 긴 시간을 느꼈다. 그렇지만 좋은 시간 여행이었다.

미국 국내 여행과 부모님의 방문

미국에서는 연간 2~3번, 10일에서 2주 정도 장기휴가를 받는다. 미국을 체험할 수 있는 절호의 기회라고 생각해서 가족과 함께 미국 국내와 캐나다에 여행을 갔다. 주로 크고 오래된 우리 집 고물자동차를 끌고 미국 전역을 돌아다녔다. 하루에 300마일 정도 달렸지만 미국에서의 운전은 그렇게 힘들지는 않았다. 연식이 오래된 우리 차는 오일 누수가 심해서 지참한 엔진오일을 자주 보충하면서 달려야 했지만 대형차여서 가족 5명이 편안하게 탈 수 있었다. 트렁크에는 밥통을 비롯하여 여러 가지 생활용구 이외에 아이스박스도 있었다. 거기에 맥주나 각종 음료, 과일을 꽉 채웠다. 미국에서는 고속도로가 잘 발달되어 있는데 거의 무료이다. 그리고 도로를 따라 바비큐 설비가 있는 피크닉 구역이 어디에나 있어서 점심때는 피크닉을 하고 바비큐를 즐기고 저녁에는 도로 주변 모텔에 묵으면서 방에서 요리를 만들어 먹곤 했다. 외식을 하지 않았기 때문에 식사비도 아주 싸게 먹혔다. 모텔도 방 단위로 지불해서 저렴했으며 가격에 비해 깨끗해서 편하게 묵을 수 있었다. 우리 가족은 주로 일본에서도 잘 알려진 유명한 도시나 관

▲ 미국 휴가 여행 중의 런치풍경

▼ 나이아가라 폭포에서

▲ 부모님 미국 방문 환영 야외파티(워싱턴 파크)

광지를 방문했다. AAA(미국자동차협회) 발행의 지도를 보면서 천천히 이동한 여유 자적한 여행이었다. 주로 방문한 곳은 세인트루이스(미주리주), 시카고(일리노이주), 클리블랜드(오하이오주), 나이아가라폭포, 토론토, 몬트리올, 퀘벡(캐나다), 디트로이트(미시간주), 피츠버그(펜실베이니아주), 뉴욕 센트럴파크, 브로드웨이, 맨해튼의 메트로폴리탄미술관, 자유의 여신상(뉴욕주), 백악관, 링컨기념관, 국회의사당(워싱턴 D.C.), 보스턴(매사추세츠주) 등등….

또한 비행기로 세인트루이스를 경유해서 플로리다주 마이애미에 가서 렌터카로 각지를 여행했다. 마이애미해안을 산책하거나 그 지역주민이 낚시하는 모습을 구경하거나 마음이 내키는 대로 움직인 자유로운 여행이었다. 낚시꾼이 잡은 생선을 나눠 줘서 숙소에 가지고 와서 프라이팬에 구워서 먹어보았다. 일본을 떠나서 실로 1년 만에 맛본 신선하고 맛있는 생선이었다. 플로리다 북부의 올랜도에 있는 디즈니월드에서 아이들과 즐거운 시간을 보내고 저녁에 돌아가려고 차를 찾아보았는데 주차한 곳을 찾을 수가 없어서 몹시 당황했다. 너무 주차장이 넓어서 아무리 찾아보아도 발견할 수가 없었다. 어쩔 수 없이 마침 지나가던 순찰차의 경관에게 물어보게 됐는데, 몇 시경에 주차를 했냐고 묻기에 시간을 알려주니 이 근처일 것이라고 장소를 가르쳐 주었다. 거기에 갔더니 마침 차가 있었다. 왠지 구조된 것 같은 기분이 들어서 안심했다. 이런 넓은 장소에서는 주차한 장소의 위치를 메모해 놓지 않으면 나중에 고생한다는 것을 실감했다.

아내와 아이들에게 걱정을 끼쳤으나 지금 생각하면 그것 또한 좋은 경험이었고 그립기까지도 하다.

도미 후 1년 정도 지나서 부모님이 스프링필드를 방문했다. 이런 기회는 두 번 다시 오지 않을 것이라고 생각해서 효도하는 마음으로 초대했다. 부모님 모두 건강해서 안심했다. 부모님의 방문을 알고 리즈 씨가 자기 집으로 초대해 주어서 즐거운 시간을 보냈다. 연구실의 마르타와 마리아도 파티를 열어주거나 공원에서 연구실 동료들과 함께 바비큐를 하면서 즐거운 시간을 보냈다. 부모님도 전혀 말이 통하지 않았지만 즐거워하시는 것 같았다. 부모님들도 미국에서 자유롭고 걱정할 것이 없는 분위기를 즐기고 계셨다. 하지만 하루 종일 좁은 아파트에서 외출도 제대로 못 하고 또한 볼 곳도 많지 않은 시골에서 조금은 지루하셨을지도 모른다. 그러나 건강한 아들 부부와 손녀들의 얼굴을 보고 기뻐하시지 않았을까 한다. 금방 2주가 지나서 시카고 경유로 일본으로 돌아가셨다. 차로 배웅해서 시카고에서 비행기를 타시는 것을 확인하고 안심해서 돌아왔다.

다시 일본으로 귀국

세월은 쏜살같이 흘러서 순식간에 2년이 되었다. 그동안 소기의 연구성과를 낼 수 있어서 각처의 학회에서 포스터발표를 하거나 정리한 영어논문을 국제저널에 투고했다. 4편의 논문이 다행히도 전부 채택되었다. 자코비니 선생님의 측면지원이 큰 힘이 되었다고 생각한다. 좋은 스승을 만나서 많은 가르침을 받았다. 이 유학생활은 나에게는 평생 잊을 수 없는 소중한 체험이었고 보물과도 같은 인생 경험이었다.

2년 동안 아내와 아이들은 완전히 스프링필드 생활에 익숙해진 것 같았다. 거기에서는 일본에서 느꼈던 정신적 압박감이나 답답함이 없었다. 미국에서는 재일도 일본인도 차별 없이 서로 일본에서 온 동료 연구자로서 완전히 평등했기 때문에 편하게 교류할 수 있었다. 도리어 재일한국인 우리들이 해방감이 큰 만큼 즐거움도 컸을지도 모른다. 일본인 연구자는 오로지 연구에 몰두할 뿐 별로 여유가 없어 보였다. 귀국 후의 자리 확보에 필사적이었기 때문에 더더욱 연구성과를 내야만 했다. 그들과는 귀국한 이후에도 미국에서의 애틋한 인연으로 연하장 정도는 주고받고 있다.

귀국할 날이 다가오자 아내가 일본에 돌아가는 것을 강하게 반대하고 나섰다. 일본에 돌아가서 다시 고생을 시작해야 된다는 불안과 아이들 학교 문제에 대한 걱정이 앞섰기 때문이다.

"당신 혼자 돌아가라! 나는 아이들과 여기에 남겠다. 생활보호를 받아도 괜찮다"고 했다. 그 말을 듣고 몹시 난처했다. 나도 미국 생활이 좋았고 실제로 자코비니 선생님께 이대로 연구생활을 계속할 것인가, 미국에서 정신과 의사로서 살길은 없을까라고 상담한 적도 있었다. 선생님은 대학정신과 선생님을 소개해 주면서 상담해 보라고 하셨다. 그러나 최대의 난관은 역시 언어 문제였다. 현지 사람들은 우리 외국인에게는 천천히 얘기해 주지만 미국인끼리 말하는 스피드는 빨라서 따라갈 수도, 이해할 수도 없는 것이 현실이었다. 역시 말은 어렸을 때부터 익숙해지지 않으면 좀처럼 자신의 것이 되기 어렵다는 것을 통감했다. 게다가 치열한 연구 경쟁을 이겨낼 자신도 없고 미국 의사시험을 보고 합격할 자신도 없었다. 결국 미국에 남는 것은 포기할 수밖에 없었다.

귀국 직전에 자코비니 선생님께 이탈리아에서 개최하는 국제학회에 강연주제를 보내고 출석해보지 않겠냐는 제의를 받았다. 여비와 체재비 등 경비를 대준다는 좋은 제안이어서 잠시 매우 기뻤고 감사했다. 그런데 나중에 국제학회가 일본의 재입국 기간인 2년이 지난 후에 개최된다는 것을 알았다. 즉 일단 일본에 돌아간 후에 다시 외국 출장이라는 모습은 직장에서의 문제도 있었고 또 정신적, 경제적으로도 짐이 무거웠다. 결국 어쩔 수 없이 학회 출석을 거절했다. 그 대신 일본에 돌아가면 일본 국내 학회에서 연구발표를 하기로 했다. 2년간 유학생활을 마치고 가족과 특히 떨떠름한 아내를 겨우 설득해서 일본에 귀국하기로 했다.

일본에 돌아오기 직전에 요나고(역주: 米子 돗토리현 서부에 위치) 장인어른이 몸이 편찮으셔서 입원 중이라는 연락이 왔다. 그래서 아내와 아이들은 장인어른의 병문안을 위해 먼저 일본으로 출발했다. 나는 2주간 남은 기간을 이용해서 이전부터 가고 싶었던 미국 서부를 관광하기로 했다. 조금 죄송한 마음도 들었지만 이 기회를 놓치면 두 번 다시 기회가 오지 않을지도 모른다고 생각해서 멋대로 한 셈이다.

미국에서 혼자 여행하는 것은 처음이었지만, 먼저 로스앤젤레스로 날아가 거기서 렌터카로 드라이브하면서 애리조나주 그랜드 캐니언으로 향했다. 모텔에 묵으면서 웅대한 그랜드 캐니언을 관광할 수가 있었다. 도중에 캘리포니아 사막을 수십 킬로나 달렸던 기억도 난다. 조금 불안했으나 어찌 되었든 아무 일도 없었다. 만일 고장이라도 났다면 큰일이 났을 것이다. 애리조나주와 캘리포니아주의 혈혈단신 여행을 마치고 무사히 일본에 돌아올 수가 있었다.

도착하자마자 요나고 장인어른 병문안을 갔는데 생각했던 것 이상으로 건강하셔서 안심한 것도 잠시, 다음 날 천국으로 가셨다. 겨우 임종은 지켰으나 너무나 죄송한 마음이었다.

미국에서의 2년간은 일시적이기는 했으나 큰 휴식이 되었다. 더욱이 내 인생에 있어서 얻기 힘든 귀중한 체험이었고 넓은 세계를 피부로 느끼고 다문화에 접촉할 수가 있었다. 무엇보다 좁은 일본에서 벗어나 바깥세상에서 일본을 바라볼 수 있었다는 것은 큰 의미가 있었다. 그것으로 내 시야도 넓어졌고 그 결과 나 자신의 정체성 확립에도 큰 도움을 주었다. 나 자신을 비하하거나 열등감을 가질 필요도 없고 또 자신을 있는 그대로 받아들이면서 살아갈 수 있는 정신적인 자유가 생겼다.

미국 유학은 나에게는 소중한 선물이 된 시간이었다. 아울러 그런 의미에서 일본인도 재일한국인도 때로는 일본에서 벗어나서 외국 생활을 체험해 보는 것이야말로 값진 인생경험이 될 것이라고 확신한다.

07

다시 국립 히젠요양소 근무

아이들의 학교 문제

일본에 돌아와 다시 오노조시 집에서 살았다. 2년간 집을 비웠으나 특별히 변한 것은 없었다. 그러나 우리 가족에게 있어서는 이 2년간의 미국 생활은 일본에서 10년 이상 체험한 것에 맞먹는 격동과 도전의 시간이었다.

일본에 돌아와서 가장 먼저 곤란했던 것은 아이들(장녀 미호와 차녀 마리)의 학교 문제였다. 지역에 있는 공립학교는 이전에 집단 따돌림을 당한 경험도 있었고 2년간의 공백이 있어 우리도 아이도 마음이 내키지 않았다. 귀국자녀 더욱이 재일한국인이라는 이유로 환영을 받지 못할 걱정도 있었고 전에 미호가 경험한 왕따를 또 당할지도 몰랐다. 여러 곳을 찾아본 결과 일본 학교에서 귀국자녀를 받는 학교가 있었다. 국립 후쿠오카교육대학부속 초·중학교였다. 그러나 그 학교의 모집요강을 받아보고서 아주 실망했다. 거기에는 일본 국적자에 한정한다는 국적 조항이 있었다. 결국 일본에서 태어나도 우리들 재일한국인은 외국인으로 타지인일 수밖에 없다는 것을 다시 한번 재확인했다.

그래서 아이들을 일본 학교로 돌려보내는 것을 그만두기로 했다. 미국과는 전혀 다르다. 결국 집에서 지하철과 버스를 갈아타고 1시간 반이나 걸리는 인터내셔널 스쿨(후쿠오카 인터내셔널스쿨, FIS)이 후쿠오카시 하코자키(箱崎)에 있어서, 그곳에 문의하자 받아주었던 것이다. 그 학교는 학생 수도 적고 오래된 민가를 빌려서 학원처럼 운영되는 학교였다. 위의 두 딸은 결국 FIS에 다니게 되었다. 학교 규모는 작았으나 학교 시스템은 미국과 마찬가지여서 세계 각국에서 온 일본 주재원 자녀들이 다니고 있었다. 그리고 어찌 된 일인지 일본인 자녀들도 섞여 있었다. 분위기도 미국 학교와 같았고 선생님들도 오픈마인드로 친절했다. 학교 페스티벌 등이 있으면 부모님들과 협력하여 바자회를 열거나 노점을 열거나 해서 교류를 넓혀갔다. 딸 둘은 FIS에 곧 익숙해져서 미국에 있을 때와 마찬가지로 학교생활을 즐거워하는 것 같아서 우선 한시름 돌렸다.

국립 히젠요양소로 복귀

나는 다시 히젠연구소에 복귀해서 근무를 시작했다. 그러나 미국에 유학을 가기 전 병원생활로 다시 돌아가는 것은 마음이 무거웠다. 이전과 같이 정신과 의사로서 환자를 풀타임으로 진료하면서 연구를 계속해야 하는 것이었다. 주말도 쉴 수가 없었다. 그것은 미국에서 연구만 하는 생활에 비해 부담이 매우 컸다. 당장은 미국에서의 연구성과를 일본 학회에서 발표하는 것으로 만족했다. 그러나 그렇게 시간을 보냈지만 앞으로 연구를 계속할 열의도 특별한 아이디어도 떠오르지 않았다. 완전히 소모해서 온 힘이 빠진 것 같았다.

여러 가지 생각한 끝에 다시 미래에 대해 모색하기로 했다. 고민 끝에 결국 연구의 길을 단념하고 정신과 임상의로서 살아가기로 했다. 지도해 주신 우치무라 선생님은 묵묵히 지켜봐 주셨지만 대단히 죄송했다. 연구를 계속해 주었으면 하는 선생님의 바람에 따라갈 수가 없었기 때문이다.

알코올의존증 치료의 길로

그 무렵 히젠요양소에도 알코올의존증의 새로운 치료체제가 도입되었다. 이것은 가나가와현(神奈川県) 국립 구리하마(久里浜)병원에서 개발한 치료법으로, 구리하마 방식이라고 한다. 이 방식은 알코올중독 환자를 개방적으로 처우해서 본인 스스로 금주하게끔 하는 집단 요법이었다. 현재는 그렇게 드문 방법이 아니지만 당시로서는 획기적인 것이었다. 규슈 지역에서 처음으로 이 방식을 도입한 것이 히젠요양소였다. 무라카미 마사루(村上優)라는 분이 이 방면의 주도자였다. 이분은 아프가니스탄에서 봉사활동 중에 돌아가신 나카무라 데쓰(中村哲) 씨와 가까운 사이로, 현재 나카무라 씨의 활동을 이어받아 최선을 다하고 있다. 페샤워회(역주: PESHAWAR会 파키스탄에서 의료활동에 매진하고 있던 中村哲 의사를 지원할 목적으로 1983년에 결성된 NPO단체) 회장이기도 하다. 무라카미 씨는 당시 정신과 일반의도 기피하고 적당한 치료법이 없었던 알코올중독의 새로운 치료법을 모색하기 위해 먼저 국립 구리하마 병원에 연수를 받으러 갔다. 그리고 연수 과정을 마치고 히젠에 돌아와서, 알코올의존증 환자를 한 병동에 모아서 신규 입원환자도 포함해 구리하마 방식으로 치료를 하기 시작했다. 이분이 함께 일해 줄 의사를 찾고 있었다. 마침 내가 일할 부서가 미정이었기 때문에 내가 당첨이 되었다.

처음에는 알코올전문병동에 가는 것이 상당히 내키지 않았다. 왜냐하면 나도 알코올의존증 환자를 싫어하는 정신과의 중의 한 사람이었기 때문이다. 당시 알코올의존증 환자의 이미지는 아주 좋지 않았다. 알코올의존증은 고칠 수도 없고 인격 장애가 생겨 인간 실격자라는 꼬리표가 붙어 다녔다. 말하자면 입원환자 중에서도 가장 다루기 힘든 환자였다. 때로는 다른 환자를 잘 이용해서 병동에서 대장이 되려고 하는 사람도 있었다. 그런 연유로 정신과 의사들은 알코올병동에 배속되는 것을 모두 꺼렸던 것이다. 그러나 가고 싶은 다른 병동이나 관심이 있는 질환도 없어서 결국 알코올전문병동의 배속을 받아들이게 되었다.

이후 알코올전문병동에 출입하게 되었다. 병동은 개방 병동이고 입원기간은 원칙적으로 3개월이다. 처음은 알코올 이탈 단계, 그다음으로 집단 학습기로 알코올의존증에 대해 학습을 하고 병을 알아가는 단계 그리고 마지막으로 금주를 실천하는 단계로 나누어진다. 집단치료로는 알코올의존증에 대해 학습회나 체험발표 등을 통해 금주의 필요성에 대한 자각을 높이도록 노력했다. 퇴원 전에는 지역의 자력구제그룹인 금주회, 익명 금주회(AA)에 실험적으로 참가하게 하였다. 퇴원 후도 정기적으로 통원을 계속하면서 각종 자력갱생그룹에 계속 참가하는 것을 지원했다. 그 결과 퇴원 후 1년 동안의 금주율이 30%였다. 퇴원 후 재음주 때문에 다시 입원하는 비율은 당연히 높았다. 그러나 이 약 30%의 금주율이라는 것은 다른 정신과 일반의에게는 신선한 충격을 주었다. 그리고 점차 알코올중독은 완전한 치유는 아니지만 금주에 의해서 회복할 수 있는 병이라고 재인식하게 되었다.

알코올의존증에 대한 부정적인 이미지도 점차 없어졌다. 실로 알코올치료의 획기적인 진보라고 할 수 있다. 나 자신도 알코올병동에 출입하면서 치료를 하는 사이에 처음에 가졌던 선입견은 없어지고 점차 알코올의존증 치료에 관심이 생겼다. 나도 이 새로운 구리하마 방식을 배우고 실시하는 것과 더불어, 그 효과를 다른 병원으로 넓혀 갈 가치가 있다고 생각했다. 그래서 구리하마 방식을 배우기 위해 가나가와현 국립 구리하마 병원에 직접 연수를 받으러 갔다. 거기에는 전국 병원에서 온 의사들이 알코올재활프로그램(ARP)연수에 참가하고 있었다. 연수 과정에서 실제 알코올치료법에 대해서 많은 것을 배웠다.

결국 미국에서 일본으로 돌아와 히젠요양소에서 다시 일한 기간은 약 1년 반 정도였다. 미국 유학 기간을 포함하면 약 14년 반 정도 히젠요양소에서 일한 셈이다.

야하타후생병원에 전근

북 규슈 야하타(八幡)후생병원으로 옮긴 이유는 여러 가지가 있다.

먼저 첫 번째는 히젠요양소에 그대로 있어도 장래 전망이 없다는 점이다. 당시는 아무리 오래 근무하고 병원에 공헌해도 외국 국적으로는 평생 일반의로 있어야 했고 또한 정신감정의 자격도 취득할 수가 없었다.

두 번째는 히젠요양소에서 연구를 계속할 의욕을 상실했다는 점이다. 연구와 진료를 양립하는 것은 어렵고 또한 능력의 한계를 느꼈던 것도 있다.

세 번째는 히젠요양소에서 배운 새로운 알코올치료법을 다른 병원에서 한번 펼쳐보고 싶었다. 그 당시 구리하마 방식은 규슈의 다른 병원에서는 거의 실시되고 있지 않았다. 이 구리하마 치료법은 한번 시도해 볼 만한 가치가 있다고 생각했다.

네 번째로 자택에서 히젠 요양소까지 통근시간이 길어서 심신의 부담이 컸다. 당시 아이들 학교 때문에 집을 오노조시에서 후쿠오카시 히가시구 시모바루(下原)로 이사했다. 집을 팔고 히가시구에서 단독집을 빌려서 살았다. 거기에서 히젠요양소까지는 자동차로 1시간 반에서 2시간 정도 걸렸다. 고속도로는 교통비를 절약하기 위해 이용하지 않고 일반도로를 이용했다. 편도 2시간의 통근거리는 정말로 힘들었다. 병원에 도착해서 좀 쉬지 않으면 몸도 머리도 움직이지 않았다. 30분 정도 의자에 앉아서 멍하게 있다가 겨우 움직이기 시작한다. 오랫동안 이런 생활을 하는 것은 체력적으로도 무리였다.

다섯 번째는 아이들 교육비 문제였다. 일본에 귀국해서 두 딸이 FIS에 다니게 되어서 교육비 부담이 커졌다. FIS의 수업료는 사립이어서 매우 비쌌다. 또한 당시는 학교가 정식인가가 나지 않았기 때문에 정기 통학권을 살 수가 없어 교통비도 상당히 들었다. 국립병원의 월급과 다른 병원의 야간당직 아르바이트로는 매우 부족했다.

이상과 같은 이유로, 보다 월급이 많고 통근이 편리한 민간병원으로 옮기기로 했다. 전근처로 선택한 병원은 북 규슈 야하타 니시구 오리오(折尾)에 가까운 야하타후생병원이다. 거기에는 히젠요양소 연구실 선배 사이토 마사시(斉藤雅) 씨가 부원장으로 근무하고 있었다. 의사 부족이기도 해서 사이토 씨는 흔쾌히 받아주었다. 사이토 씨는 히젠의 신경화학연구실에서 미국 뉴욕대학에 유학하고 귀국 후 잠시 다른 정신과 병원을 거쳐 북 규슈 야하타후생병원으로 온 것이었다. 사이토 씨에게는 많은 신세를 졌다. 함께 골프를 치거나 회식을 하거나 내가 병원에서 하고 싶은 일을 할 수 있도록 따뜻하게 신경을 써주었다.

아이들의 그 후

장녀 미호는 FIS를 졸업하고 고베(神戸)에 있는 캐네디언 아카데미에 들어가서 기숙사 생활을 하게 되었다. FIS는 중학교까지 있다. 차녀 마리는 FIS에서 중학과정을 끝낸 시점에서 미국 유학할 때 친했던 미네소타주의 스테켈버그 부부 집에서 홈스테이를 하면서 그곳 하이스쿨에 다니기 위해 다시 일본을 떠났다. 경제적 사정도 고려해서 본인이 원했던 결과이다. 스테켈버그 가족은 우리 가족이 스프링필드 아파트에 살고 있을 때 근처에 살고 있었고 아이들도 같은 나이여서 친한 사이였다. 매우 오픈 마인드이고 친절해서 집에도 초대받고 가깝게 지냈다. 그 부부는 미네소타주 출신으로 일 때문에 일시적으로 잠시 스프링필드에 살고 있었다. 우리 가족의 귀국 후 고향인 미네소타주에 돌아갔다. 편지로 사정을 설명했더니 흔쾌히 마리를 받아주었다. 장녀 프렌시와 마리가 같은 나이라는 것도 다행이었다. 그들은 마리를 가족처럼 보살펴 주었다. 대단히 감사했다. 결국 마리는 그곳 고등학교를 졸업하고 주립 미네소타대학에 들어갔다. 무사히 졸업하고 미니애폴리스를 떠났다. 고등학교, 대학의 학비와 생활비는 겨우 송금했다. 그러나 그 가족에게는 대단히 어려울 때 큰 신세를 졌음에도 불구하고 별다른 답례도 하지 못해서 너무나 죄송한 마음이다.

미호는 사정이 생겨 캐네디언 아카데미를 중퇴하게 되었다. 그러나 여기서 다시 되돌아갈 수는 없었다. 전학 갈 곳을 여기저기 찾아본 결과 미국 매사추세츠주에 있는 프렙 스쿨(역주: prep school

▲ 1983년 12월 유학 중 스테켈버그 씨 우리 집을 방문

유명 대학 진학을 위한 기숙사제의 사립고교) 중의 하나인 윌리스톤 노잠프톤 스쿨(Williston Northampton School)로 옮기게 되었다. 전학 갈 때는 학교까지 아내와 같이 갔다. 형제도 가족도 모두 따로따로 이산가족이 되어 쓸쓸하고 힘들었던 시기였다. 미호는 고등학교를 졸업하고 남부 조지아주 애틀랜타에 있는 사립 에모리대학에 입학했다. 모두 사립이어서 학비와 생활비를 보내느라 힘들었다. 매달 날아오는 청구서를 보고, 착오로 '0'이 하나 더 붙은 게 아닌가 생각할 정도로 고액이었다. 경제적으로 궁지에 몰리는 심경이었다. 야하타후생병원의 급료로도 도저히 부족했던 것이다. 나중에 알았지만, 미호도 에모리에서는 상당히 생활하기 힘들었다고 한다. 부모의 기대와 꿈을 강요해서 자식을 괴롭히고 말았다.

그런데 에모리대학에 입학해서 미호에게 뜻밖의 일이 생겼다. 입학 후 전혀 예상도 하지 못한 만남이 있었다. 들은 바에 의하면 미호가 우연히 대학 아시아계 학생의 모임에 갔더니 거기에 일본인 같은, 일본어로 말하지만 한국어는 못 하는 한국 이름의 여학생이 있었다. 서로 재일한국인이라는 것을 알고 친근감이 생겼을 것이다. 서로 자기소개를 하고 출신지나 성장과정을 말하는 사이에 미호의 어린 시절 재일대한기독교 시모노세키교회에서 목사로 근무했던 신현석(申鉉錫) 목사님의 딸 이혜라고 한다. 말하자면 서로 같은 나이이고 유년기에 교회에서 만나서 같이 놀던 사이였던 것이다. 서로 놀라서 이런 만남도 있다고 감탄했다고 한다. 이혜는 모친과 함께 애틀랜타에 살면서 에모리대학에 입학한 것이었다. 그 후 미호는 친교를 돈독히 해서 둘도 없는 친구가 되었다. 미호가 애틀랜타에 있는 동안 그리고 경제적으로 어려워서 어쩔 수 없이 학비가 싼 주립 조지아대학으로 전교할 수밖에 없었던 때도 이혜 어머니나 남동생 기홍과 여동생 경혜에게도 많은 도움을 받았다고 들었다. 가족처럼 대해주었다고 한다.

지구의 반대편에서 전혀 다른 인생을 영위하던 사람이 정말 우연히 만나는 일은 흔치 않은 일이다. 그 이야기를 듣고 이것은 주님께서 이끌어 주신 것으로 느껴졌다. 미호에게 가장 힘들고 괴로웠던 시기에 주님께서 손을 내밀어 주셔서 살아갈 길을 마련해 주심에 감사의 기도를 드리고 싶다. 그리고 따뜻하게 보살펴 주신 사모님께도 진심으로 감사드린다. 이혜는 에모리대학을 졸업한 뒤 심리 상담가의 길을 걷고 있으며 지금 로스앤젤레스에 살고 있다. 그래서 샌프란시스코에 사는 미호의 집을 방문하거나 미호가 LA에 놀러 가거나 하면서 친구로서 현재까지 교류를 하고 있다고 들었다.

미호는 주립 조지아대학을 나와서 샌프란시스코 근처 오클랜드에서 NPO법인 데이터센터에서 일하게 되었다. 이곳은 마이너리티와 피차별노동자를 위한 인권획득운동을 전개하는 단체이다.

한편 셋째 미에는 미국에서 돌아왔을 때 아직 3살이었다. 따라서 오노조 집 근처의 유치원에 다니게 되었다. 그 후 히가시구 가스미가오카(香住ケ丘)보육원을 거쳐 가스미카오카 초등학교에 입학했다. 미에는 어떻게 일본 사회에 잘 융화된 것처럼 보였으나 재일한국인이라는 이유로, 한국 이름으로 인해 언제 또 따돌림을 당할지도 모른다는 걱정이 앞섰다. 그래서 아내와 함께 교장 선생님에게 면담을 요청해 학교에서 차별이나 왕따를 당하지 않도록 배려해 주실 것을 정중히 부탁했다. 그 덕분에 선생님들께서 신경을 써 주셔서 무사히 졸업했다.

야하타후생병원에서의 알코올의존증 치료

야하타병원은 나에게는 일하기 편한 병원이었다. 무슨 일이라도 원하는 대로 하게 해 주었다. 병원은 비교적 개방적이어서 환자도 출입하기도 쉬웠고 평판도 비교적 좋았다. 부원장인 사이토 씨도 규슈대학병원에 있을 때부터 대학 의국 해체운동이나 인턴투쟁에도 참가했고, 정신과에서는 병동 개방주의자였기 때문에 직원을 움직여서 병원을 지역에 개방하고 교류를 돈독히 하면서 환자와 가족에게 보다 편한 장소로 전환하려고 하는 것에 협력적이었다. 그 덕분에 내가 부임하기 전부터 입원과 퇴원이 많아서 병상 회전율이 높았다. 평균 입원일 수도 비교적 짧았다. 이러한 환경 덕분에 나도 새로운 알코올치료에 주력할 수 있었다. 당시는 후쿠오카나 북 규슈 지역에서 구리하마 방식으로 알코올의존증 치료를 하고 있는 병원은 전혀 없었다.

당시 야하타후생병원의 알코올진료는 옛날 방식 상태에 가까웠다. 환자는 많았으나 각 병동에 따로따로 수용되어 있었고 입원과 퇴원도 적었다. 일부 남성 간호사가 열심히 원내 금주활동에 매진하고 있어서 내 방침에 협력적이었던 것은 지적해 두고 싶다.

히젠에서의 체험을 바탕으로 먼저 알코올전문병동을 만들기로 했다. 그 때문에 각 병동에 따로따로 수용되어 있던 환자들을 한 병동으로 옮기게 했다. 각 병동의 관계자와 협의를 하고 양해를 구한 뒤에 실행하였다. 직원들의 협력으로 순조롭게 진행되었다. 물론 병동은 개방이어서 자유롭게 출입할 수 있다. 그 후 새로운 알코올의존증 치료(ARP)를 순차적으로 도입해 갔다. 치료 효과를 올리기 위해서는 이 프로그램이 중요하다. 환자자치회를 조직하고 환자 스스로 병동을 자주적으로 운영하고 원칙적으로 3개월간의 입원기간 중에 알코올의존증이 병인 것을 인식하고 거기에서 다시 일어서기 위해서는 금주밖에 없다는 것을 확실히 배운다. 그리고 진짜 금주 생활은 퇴원 후에 시작하는 것, 퇴원 후도 금주모임이나 AA라는 지역 자생 그룹에 참여하면서 서로 협력하면서 금주생활을 계속할 수 있게 하는 것이 중요하다는 것을 확실히 자각하게 해서 실행하도록 한다. 또한 정기적으로 통원해서 항주약(抗酒藥)을 계속 복용하고 가능하면 치료 선배로서 원내 미팅에도 적극적으로 참가하도록 했다. 나 자신도 학습회의 강의, 원내 금주 미팅에 참가하여 환자들의 체험담에 귀를 기울였다. 괴로웠던 기억을 있는 그대로 솔직하게 말하는 것이 가장 중요하고 말만 하고 듣기만 하는 방식으로 비판은 일절 하지 않는 것이 원칙이다. 비슷한 체험을 한 환자는 진지하게 듣고 자신의 모습을 깊이 성찰하게 된다.

아울러 매년 알코올병동 개설기념대회를 원내에서 개최했다. 퇴원자나 지역 자생그룹분들을 초대하는 것으로 지역 금주회나 AA와의 연계, 각 지역의 보건소 활동 지원이 넓어져 갔다. 그것이 지역에서 환자나 가족을 지탱하는 힘이 되어 가는 것이다.

구리하마 방식의 새로운 알코올치료가 야하타후생병원에서 정비되자, 점차 그 방식이 평판이 높아져 북 규슈나 후쿠오카지역에서도 이 방식을 도입하려는 병원이 서서히 늘어나기 시작했다. 내가 그 선봉장 역으로 선구자인 것으로 알려져 내 전공이 알코올의료인 것으로 인식되게 되었다. 그 결과 후쿠오카나 북 규슈 지역에서 알코올의료에 대한 강연의뢰가 많이 들어왔다. 후쿠오카현의 어느 보건소에서 강연할 때 NHK와 인터뷰를 하고 TV로 전국에 방송되었다. 또 후쿠오카현 경찰 본부의 많은 경관들 앞에서 알코올의존증 치료에 관해서 강연을 한 적도 있다. 외국 국적이

▲ 1988년 10월 금주회에서의 강연(북 규슈)

고 재일한국인인 내가 말이다. 거기에서는 전문가 의사선생님으로서 매우 정중하게 대접받았다. 또한 구로사키(黑崎) 하이츠 회장에서 열린 규슈 알코올관련문제학회의 북 규슈대회에서는 준비위원장으로서 활동을 하였다. 야하타후생병원 스태프들이 전면적으로 협력해서 대회는 성황리에 끝났다. 규슈 각처에서 관심이 있는 의사뿐만이 아니라 간호사나 사회복지 관계자 등 참가자가 광범위했다. 현재는 규슈 전체에서 구리하마 방식이 표준적인 알코올 치료가 된 것은 기쁘기 그지없는 일이다. 최근에 각종 의존 문제가 사회문제가 되는 추세에, 그러한 의존증(약물, 각성제, 도박, 쇼핑중독 등)의 선구자가 되었다는 생각이다. 얼마 전에 후쿠오카지구 AA 30주년 대회의 인사문의 의뢰로 짧은 문장을 적어 보내자 대회

책자에 맨 먼저 게재되는 것을 보고 예전 일을 그립게 생각했다.

후쿠오카중앙교회의 장로직

미국에서 일본에 돌아와서 얼마 지나지 않아 남주야(南周也) 권사님의 권유로 오노조시 최영모(崔永模) 장로님의 자택 예배에 참가한 적이 있다. 이것이 후에 후쿠오카중앙교회의 창립예배가 될 것이라고 그때는 전혀 상상도 못했다. 이때 미호가 피아노 반주봉사를 할 때였다. 이 집회는 이윽고 규슈 기독교회관 2층으로 옮겨 명칭이 후쿠오카중앙교회가 되었다. 지도리하시(千鳥橋)에 있는 후쿠오카교회에서 독립한 것이다.

그 후 우리 가족은 계속 중앙구 마이즈루(舞鶴)에 있는 후쿠오카중앙교회에 다니게 되었다.

후쿠오카교회에서 옮겨온 신자들과 함께 예배를 올리거나 친근한 교류를 이어 나갔다. 그리고 나는 집사로 봉사활동을 했다. 후쿠오카교회에서는 신도로서의 교류는 있었으나 아무런 직책도 없었다. 처음으로 교회에서 맡은 직책이었다. 서기 등도 수년간 담당했었다. 교회에서는 매해 초 신년총회가 열리는 것이 관례였다. 1990년 1월 신도총회에서 내가 후쿠오카중앙교회의 장로 후보로 선출되었다. 다른 적당한 후보가 없었기 때문이다. 그렇다고 해도 1985년 7월에 교회가 창립하였으니 4년 반 정도밖에 지나지 않은 것이다. 솔직히 내가 선출된 것이 놀라웠다. 장로가 된다는

▲ 1990년 6월 장로 취임식(규슈 기독교회관 4층)

▲ 1990년 6월 장로 취임식에서

것은 교회를 전적으로 책임져야 한다는 것을 의미하며 그 책임의 무게는 막중하다고 할 수밖에 없었다. 정말로 장로직을 수락해야만 하는지 많이 고민했다. 신앙심의 미흡함은 물론이거니와 또 여러 역할을 책임감을 가지고 해 나가지 않으면 안 되는 일이었다.

캐나다에서 온 선교사이고 평상시 존경하고 있던 글렌·데비스 목사에게 의논했더니 아주 간단한 답변이 돌아왔다. "나 같은 사람도 목사를 하고 있으니 괜찮다"라고 왔다. 그 말을 듣고 조금 마음이 가벼워졌다. 결국 장로직을 수락하기로 했다. 시모노세키 아버지도 장로로 고생을 한 적이 있어서 조금 걱정을 하시는 것 같았다. 생각해 보면 병원 일도 힘들고 가정을 지키고 아이들의 교육비도 많이 들고 게다가 교회에도 그에 상응하는 봉사와 헌금을 하지 않으면 안 된다. 물론 매주 예배 출석도 해야 하고 제대로 하지 못하면 모든 것이 어중간하게 될 소지도 있었다. 그러나 젊은 혈기 탓인지, 어떻게 되겠지 그런 기분이 들었다. 결국 1990년 6월에 지방회 주최로 장로 취임식이 규슈 기독교회관 4층 예배당에서 집행되었다. 서남지방의 각 교회에서 많은 분들이 참가해 주셨다. 한편으로는 앞으로 후쿠오카중앙교회를 유지·발전시키지 않으면 안 된다는 책임감으로 바싹 긴장했던 것은 기억이 난다. 다행히 야하타후생병원에서는 히젠요양소와 달리 당직근무도 없어서 일요일은 완전히 교회에 집중할 수 있었다.

또 다른 병원에 파트타임으로 나가는 일도 없었다. 단지 원거리 지역에서 주최하는 학회 출석은 좀처럼 일정을 잡기 어려워서 자주 출석할 수 없었던 것은 유감이었다. 이 당시 후쿠오카중앙교회의 담임목사는 부재여서 임시당 회장으로서 오리오(折尾)교회의 이근수(李根秀) 목사님이 가끔 오셔서 임원회 사회를 맡아 주셨다.

장로에 취임하고 나서 가장 처음에 한 큰일은 후쿠오카중앙교회의 담임목사를 초청하는 일이었다. 임시당 회장을 비롯하여 많은 임원과 신도의 의견을 검토해 본 결과, 최영모 장로님의 장남으로 당시 구마모토교회에서 시무하고 있던, 대학 선배이고 구면인 최정강(崔政綱) 목사를 모시고 싶다는 의견이 많았다. 최정강 목사는 후쿠오카시 출신이어서 지역사정에도 밝았다. 부친이 후쿠오카중앙교회의 현역 장로이고 그 아들이 담임목사가 되는 것은 전대미문의 일이었다. 그러나 결국 최정강 목사를 우리 교회의 담임목사로 초청하기로 해서 내가 대표로 구마모토교회에 가서 교회신도들이 서명한 초청장을 건넸다.

그래서 최정강 목사가 우리 교회의 담임목사로서 취임했다. 이후 12년 남짓 후쿠오카중앙교회 발전을 위해서 힘써 주셨다.

개업을 생각하다

야하타후생병원에 옮기고 얼마가 되지 않아 가시이시모바루(香椎下原) 오크 타운에 있는 전셋집에서 현재 살고 있는 가스미가오카에 집을 신축해서 이사했다. 1987년의 일이다. 마침 시의 개발회사가 내놓은 토지에 응모했더니 운 좋게 당첨이 됐다. 주택개발회사를 골라서 현재의 집을 지었다. 그 때문에 자금 부족을 메꾸기 위해서 후쿠오카은행에서 대출을 받았고 부모님께도 얼마간의 원조를 받았다. 여기에서 북 규슈 오리오까지 차로 1시간이었다. 마리의 FIS 통학에도 미에 보육원도 근처에 있어서 편리했다.

야하타후생병원에서의 일은 순조로웠고 충실했다. 알코올의료의 영역에서 그 나름대로 성과도 있었던 시기였다. 3~4년 재직했을 무렵부터 개업할 생각이 있었다. 이유는 이대로 야하타후생병원에 계속 있어도 잘해야 부원장까지 가는 정도라고 생각했다. 당시 사이토 선생이 원장으로 정력적으로 일하고 있었고, 나는 부원장이었다. 무엇보다도 경제적인 문제가 컸다. 민간병원 부원장의 급료는 국립병원에 비해서는 많았으나 보기와는 달리 세금이나 그외의 공제에 따른 부담이 커서 실수령액은 그리 많지 않았다. 한편으로 집대출금, 미호에게 보내는 학비 등등, 부담이 커서 생활하기 쉽지 않았다. 교회 헌금도 내야만 했다. 그리고 무엇보다도 후생병원에서 실시하고 있는 알코올의료를 외래에서도 한번 해보고 싶은 마음도 있었다. 외래에서 어찌 되었든 치료 효과를 올려서 입원하지 않고 끝나면 환자에게는 매우 유익한 일이라고 생각했다. 그리고 또 당시는 아직 정신과 진료소가 북 규슈에는 적은 편이었다. 그래서 일본 정부에서 정신과 진료소를 늘리는 것은 지역 환자들의 의료서비스를 위해서 도움이 된다고 생각했기 때문에 정신과 외래진료의 보수를 높이는 정책을 내놓고 있었다. 그래서 전국적으로 정신과 진료소를 개업해도 경제적으로 꾸려 나갈 수 있는분위기가 생겼다. 그때까지는 정신과는 경제적으로 운영이 어려운상태였으나 이러한 흐름을 타고 북 규슈 지역에서도 조금씩 정신과 진료소가 늘어나는 시기여서 마침 개업하기 좋은 기회였다.

실제로 미국 유학 전후부터 미래를 생각해서 개업 타당성을 고려한 시기가 있었다. 외국 국적인 채로는 미래가 없다고 생각했기 때문이다. 후쿠오카지역에서 몇 군데 토지를 보러 돌아다니거나 무나카타시(宗像市) 쪽도 검토해 보았다. 요나고(米子)의 장인어른을 모시고 가본 적도 있다. 미국에서 돌아오고 나서도 아내의 친정집 요나고시 근처도 알아보았다. 알코올전문병원을 만들고 싶어서 간사이(関西)와 돗토리(鳥取), 시마네(島根)의 정신과 병원을 견학하기도 했다. 그러나 인맥이나 노하우도 없어서 결국 그만둘 수밖에 없었다. 그래도 나카가와시(那珂川市)에 정신과 진료소의 개업지로서 작은 토지를 구입하기는 했으나, 그 땅은 몇십 년 정도 방치되었다가 결국은 팔아버렸다.

발이 땅에 닿지 않은 채 움직여도 꿈을 실현하기 어렵다고 통감했다.

개업 준비

야하타후생병원에 근무하고 5년 정도 지났을 무렵부터 본격적으로 개업 준비를 시작했다. 개업지는 역시 익숙한 북 규슈 지역, 그중에서도 오리오역 부근이 적당하다고 생각했다. 외래치료를 하면서 입원이 필요한 환자를 받아 줄 병원이 근처에 있는 것이 환자에게도 의사에게도 안심이다. 오리오라면 부근에 정신과 병원이

176

몇 군데 있어서 좋은 지역이었다.

먼저 건물 세입자로 들어가 내부공사를 하기로 했다. 그 때문에 오리오역 근처 부동산을 찾아갔다. 운 좋게 역 앞의 토지 주인이 임대건물을 지을 예정이라고 가르쳐 주었다. 땅 주인을 만났더니 그분은 야하타후생병원과 거래가 있던 분이었다. 그 인연도 있어서 새롭게 지을 건물에 세입자로 들어가는 것을 승낙해 주었다. 건물완성까지는 약 반년 걸린다고 하니 시간적으로도 적절했다. 그 건물은 오리오역 바로 북측에 있는 3층짜리 건물이며 한 층당 30평 정도였다. 그 건물 2층 부분을 빌리기로 했다. 그 외에도 준비나 해야 할 수속이 많았다. 개업자금 마련을 위해 은행과의 교섭이나 내부공사 업자 선정, 내부구조 설계, 가구를 포함한 설비 선정, 클리닉 명칭과 스태프 모집, 또 조제약국의 선정, 지역의사회의 가입수속, 각 관공서에 개업허가신청서 제출, 관할보건소나 사회복지사무소 그리고 근처 개업의에게 인사 돌리기 그리고 진료에 필요한 각종 서류준비나 개업안내장 작성 등등.

이러한 작업을 병원 진료나 교회 봉사하는 틈틈이 해야만 했다. 개업 준비가 이렇게 번잡하고 큰일이라고 솔직히 예상도 하지 못했고 몸과 마음 모두 대단한 부담이었다. 그러나 일단 정한 일은 뒤로 물러설 수는 없다. 참으면서 앞으로 나가는 수밖에 없었다.

개업 준비를 하면서 가장 기분이 나빴던 것은 의사회 가입과 관련된 일련의 사건이었다. 이 일을 통해서 의사회의 권위적이고 자기중심적인 체질에 대해 새삼 통감하지 않을 수 없었다.

야하타 의사회에 가입했던 것은 지역의료에 공헌하고 싶다는 개인적인 열망이 있었기 때문이었다. 그러기 위해서는 지역에서 개업하고 있는 다른 과 선생님들과 협력관계를 맺을 필요가 있었다. 내 전문분야에서 뭔가 협력할 부분이 있으면 서로 협력하고 그리해서 지역사회에 융화되어 가는 것에도 도움이 될 것이다. 야하타 의사회에 입회신청서를 제출했더니, 입회를 도와주는 의사가 개업예정지의 바로 도로 건너편에 있는 외과의사에게 인사를 해야 한다고 했다. 나중에 안 사실이지만 그 외과원장이 전에 의사회 회장을 한 실력자였다. 이 원장이 곧 근처에 내가 개업하면 본인 환자가 줄 것이라고 오해를 한 모양이었다. 건너편은 외과와 정형외과이고 이쪽은 정신과와 내과이다. 전문은 어디까지나 정신과이고 환자가 원하면 내과 진료도 할 방침이다. 따라서 특별히 환자가 겹치는 것은 아니었는데도 말이다. 그런데도 그 외과 원장은 야하타 의사회에 압력을 넣은 것 같았다. 그 외과 원장에게 과자상자를 가지고 방문하였으나 만나주지 않아서 어쩔 수 없이 발길을 돌려야 했다. 두 번째 방문도 마찬가지여서 몹시 불쾌한 기분이었으나 겨우 마음을 가라앉혔다. 세 번째 겨우 만나주었는데 아무런 말도 없이 단지 인사만 했을 뿐이었다. 환영하지 않는다는 것이 자명했다.

더욱이 오리오 지역 20개 정도의 의사회 회원 진료소에 인사하라고 해서 선물용 과자를 들고 찾아갔다. 그것이 끝나자 이사회에서 신입회에게 인사를 하러 오라고 날짜를 지정해 주었다. 이사회 당일에 말이다. 별실에서 기다리라고 해서 보니 거기에는 다른 개업의가 한 명 더 있었다. 얘기를 들어보니, 그 병원 사무직원이 진료비 과다청구를 독단적으로 해서 시의 감사를 받았다고 한다. 그 결과 진료비 부정청구로 간주되어 의사회 회원자격을 2년간 정지 당하고 감독책임을 물게 되었다고 한다. 오늘은 그 직무정지 기간이 끝나서 이사회에 재입회 인사를 하러 왔다고 했다. 내심 같은 취급을 당한 것 같아서 기분이 나빴다. 우연일지도 모르나 마치 같은 범죄자 취급을 당한 것 같기도 해서 불쾌하기까지 했다. 시간이 되어서 이사 회의실에 불려서 회의실에 들어갔다.

몇 명의 이사가 앉아있고 가장 안쪽에 야하타 의사회장이 앉아 있었다. 빈자리는 단 하나 회장 바로 옆쪽의 의자였다. 어느 이사가 그 의자에 앉으라고 해서 송구스럽게 그 회장 옆 의자에 앉았다. 그러나 앉자마자 돌연 고성이 날아왔다.

"누가 거기에 앉으라고 했나! 일어나!" 깜짝 놀라서 일어선 채 직립부동으로 내내 서 있었다. 앉으라고 했던 선생은 민망해 보였다. 고성을 지른 것은 입회를 도와주던 그 이사였다. 처음부터 이 사람은 나를 무시하고 강압적으로 명령하거나 짓궂은 짓을 했던 것이다. 이유는 알지 못했으나 재일한국인이어서 그런 건 아닌가 그런 생각도 했다. 의자를 확 걷어차고 입회를 그만둘까 생각했으나 여기까지 왔으니까 끝까지 간신히 참고서 방을 나왔다. 굴욕감 그 자체였다. 돌아오는 내내 다른 진료소 앞을 지나갈 때마다 방화라도 해버릴까 생각할 정도로 화가 나서 참을 수가 없었다. 대단한 모욕감을 느꼈다. 순수한 기분으로 지역의료를 위해 도움을 주고 싶었는데 이 꼴이다. 게다가 입회금이 수백만 엔 정도로 엄청 비싸고 매달 회비 또한 비싸다. 그렇게 해서 무슨 이점이 있는가 솔직히 그런 생각이 들었지만 다시 되돌릴 수는 없었다.

여하튼 입회가 인정되어, 이후 진료가 없을 때 차례대로 돌아오는 검진 업무 등을 담담하게 해냈다. 또한 오리오 지역 정례회에도 가능한 출석했다. 이윽고 지역위원이 되어 정례회 일이나 의사회 여행을 기획하기도 했다. 의사회 여행은 1박이었지만 한국의 부산이나 경주를 둘러봤다. 그 나름 호평이었다. 그러나 정신과의로서 지역사회에 도움을 주거나 다른 회원들과 친해지지는 않았다. 정신과의 특수성 때문인지 외국 국적 때문인지 왠지 멀리하는 느낌이었다. 이런 일을 겪었기 때문에, 나중에 미에가 의사회 가입을 그만둔다고 했을 때 그렇게 하라고 간단히 승낙을 하였다. 지금 돌이켜보면 의사회 가입이 특별히 메리트도 없는데 무리수를 두었다고 내심 후회하고 있다. 세상물정에 어두운 이 사람이 비싼 수업료를 지불하고 세상공부를 했다고 봐야 할 것이다. 어찌 되었든 간에 조금씩 준비가 되어서 개업 날이 다가왔다.

08

정신과 클리닉 개원

병원을 개원하기 전에 이제까지 신세를 졌던 선생님들이나 보건소의 보건사분들을 초대해서 간단한 개원파티를 열었다. 클리닉 명칭은 후쿠오카시 텐진에서 개업하고 있던 신와도(心和堂)고토(後藤)클리닉의 고토 씨에게 허락을 받고 '신와(心和)'라는 이름을 넣어서 오리오신와 클리닉으로 정했다. 사무원과 간호사 1명 그리고 아내도 매니저로 클리닉 전반에 관한 업무를 담당했다. 정말로 적은 인원의 조촐한 출발이었다. 당시의 나에게는 그것이 최선이었다. 잘 해 낼 수 있을지도 정말 자신이 없었다. 특히 걱정이었던 것은 한국 이름을 병원 간판에 그대로 내걸었기 때문이었다. 근무 의사였을 때는 내 뒤에 국립 모병원이나 큰 병원의 이름이 붙었기 때문에 본명에 신경을 쓸 필요가 없었지만, 그러나 내 본명을 내걸고 개인 클리닉을 경영하는 것은 전혀 다른 얘기이다. 과연 한국 의사에게 진료를 받으러 와 줄까 걱정이 앞섰다. 개원

▲ 오리오신와 클리닉 개원파티

하기 전에 야하타후생병원의 사이토 씨에게 의논을 한 적이 있다. 만일 병원 운영이 잘 안되면 야하타후생병원에 다시 돌아와도 되는지 물어보자 사토 왈, "괜찮지만 이제는 일반의로 고용할 거야"라고 해서 나도 "그래도 상관없으니 잘 부탁드리겠습니다"고 대답하면서 쓴웃음을 지었다. 또 그때, 처음에는 다들 힘드니까 내 외래환자를 클리닉으로 데려가도 좋다고 얘기해 주었다. 보통은 환자를 빼 간다고 싫어하는데 그만큼 고마웠다. 그 말씀을 그대로 사양하지 않고 외래에서 진료했던 백여 명의 환자에게 연락을 돌렸다.

병원 개원을 하면서 자신에게 몇 가지 약속을 했다.

첫 번째, 병원 진료는 최저 20년은 할 것. 개원할 때 이미 어느 사이인가 45세가 되었다. 개업하기에는 조금 늦은 나이였다. 65세까지는 이를 악물고 이 오리오 땅에서 최선을 다할 각오였다. 그 후는 건강이 허락하면 5년 정도 더 일하면 좋겠다 싶었다. 즉 70세까지 일할 수 있으면 감사한 마음이었다.

두 번째, 지금까지 정신과 진료에서 당연시되었던 정신과의로서 숙명인 강제의료를 일절 하지 않겠다고 결심했다. 다른 과와 같이 치료도 입원도 본인과 가족과 의논해서 결정하기로 했다. 정신과 클리닉 진료에서 이것이 실제로 가능하게 된다면 정말 축복받은 일이 될 것이다.

세 번째, 알코올중독 외래진료를 충실하게 해 보고 싶었다. 외래에서 환자들의 금주를 계속 지원 사격하는 것으로 보다 빠른 사

▼ 오리오신와 클리닉 현관과 진료안내

▲ 오리오신와 클리닉 진료실

회복귀를 촉진하고 사회성이나 인간성 회복을 도모한다. 그리고
되도록 입원하지 않고 끝나도록 지원한다. 그러기 위해서는 원내
알코올 미팅을 매주 1회 야간에 행할 것, 더욱이 지역 금주회 활
동을 지원하기 위해 지역 금주회나 AA와 같은 자생그룹에 적극적
으로 출석하고 의뢰가 있으면 강연 등도 받아들이도록 한다.

아울러 지역주민의 요청이 있으면 시간이 허락하는 한 왕진도
가기로 했다. 이것도 정신과 의료 중에서 입원치료 중심에서 지역
의료로의 이행에 도움을 줄 것이라고 생각했다. 또 정신감정 의뢰
가 있으면 이에도 적극 응하기로 했다.

1992년 4월 1일 오리오신와 클리닉은 개원했다. 전날 밤은 이
때까지 일들이 생각나서 잠을 설쳤다. 다음 날 아침 일찍 가시이
역(香椎駅)에서 전철을 타고 오리오역(折尾駅)으로 향했다. 쾌속으로

40분 정도이다. 전철 안에서 멍하니 생각했다. 결국 할 만큼 해서 안 되면 월급쟁이 의사로 돌아가면 된다고 자신을 타이르면서, 이것도 하나의 좋은 인생경험이 될 것이라고 생각하기로 했다.

개업 날에는 10명 정도 환자분이 내원했다. 모두 야하타후생병원의 외래환자로 연락을 받고 내원해 주신 분들이었다.

오랫동안 보아온 환자들이어서 진료는 그렇게 시간이 많이 걸리지 않았다. 따라서 정말 시간이 남아서 어쩔 수가 없었다. 환자들의 내원을 기다리는 것도 상당히 고통스러운 일이었다. 여하튼 아침부터 저녁까지 계속 진료 의자에 앉아서 환자를 기다린다. 가끔 옆방 휴게실에 가서 소파에서 뒹군다. 이제까지 병원 근무에서는 의국이나 병동, 외래라는 여러 곳을 돌아다닐 일이 많았다. 의국에서는 여러 선생님들과 정보교환을 하거나 해서 그것이 상당히 시름을 잊게 해준 것을 깨달았다. 개인 클리닉은 그러한 것이 전혀 없다는 점이다. 어느 선배 선생의 말을 기억해냈다. "그럴 때는 책을 읽고 공부하면 된다."

그러나 솔직히 좀처럼 그런 심경이 될 수 없었다. 본디 걱정을 사서 하는 스타일이라서 아무래도 경영 쪽이 신경이 쓰였다. 우리 병원을 담당하는 세무사가 걱정스럽게 말한 것이 또 신경이 쓰인다. 연간 수입이 최저 3천만 엔을 넘지 않으면 유지하기 힘들다고 한다. 큰 부담을 느꼈다. 그러기 위해서는 하루에 적어도 평균 20명 환자를 진료해야 했다. 언제 즈음이면 이 수준이 되는 건지 걱정이 앞섰다. 모든 경비도 어쨌든 많이 든다. 매월 대출금 상환, 임대료, 직원 월급, 약품회사나 검사회사에의 지급, 수도 전기세, 의사 회비, 전화요금이나 주차료, 광고료나 교통비 등이 기본 경비로 나간다. 남은 나머지 돈이 생활비가 된다. 가스미가오카의 대출금 상환과 두 딸에게 보내는 학비, 생활비, 셋째 미에의 부양비 외에 교회 헌금 등도 있다. 이 3천만 엔이라는 수준은 근무의사 시절 받았던 실수령액 월급과 거의 비슷하다. 이 수준을 넘지 못하면 고생해서 개업할 의미가 없는 것이다.

한참 동안 하루에 10명 정도 환자를 진료했다. 그리고 새로운 환자는 조금씩 내원하는 정도였다. 인고의 나날이 이어졌다. 그러한 매일을 보내고 있는 가운데 6월에 갑자기 급보가 날아왔다. 시모노세키 아버지의 갑작스러운 임종 소식이었다.

아버님의 임종

아버지 소식을 듣고 아연실색했다. 급히 직원에게 임시 휴진이라고 내걸게 하고 시모노세키 부모님 집으로 서둘러 갔다. 머릿속은 아무것도 생각할 수 없었다. 지난번에 만났을 때는 기운이 없으신 것처럼 보였지만 뭔가 병이 있었는데 걱정 끼칠 것 같아서 아무 말씀도 안 하셨던 것일까? 모친도 넋을 놓아버린 상태였다. 자택에 안치된 아버지의 뺨은 차가웠다. 눈물이 확 쏟아졌다. 겨우 여기까지 왔다. 이제부터 정말 효도할 수 있다고 생각했는데 먼저 갑자기 가버리셨다. 후회하는 마음이 복받쳐서 눈물이 멈추지 않았다.

▲ 1992년 5월 아버지의 명예 장로 취임 축하

    교토의 누나 가족과 도쿄의 여동생네, 또 오노다(小野田)의 여동생 가족이 달려왔다. 언제까지 한탄만 하고 있을 수는 없었다. 집에서 철야를 하고 다음 날 시모노세키교회에서 장례식을 올렸다. 검소한 장례식이었다. 아버지 일생은 무엇이었는가 생각해 봤다. 젊었을 때부터 고생의 연속이었다. 필사적으로 가족을 위해 교회를 위해 바친 일생이었다. 그중에서도 나를 가장 사랑해 주시고 소중하게 여기신 아버지였다. 그러나 정작 나는 아버지 임종도 지키지 못한 불효자가 된 것이다. 죄송한 마음을 형용할 수가 없었다.

지금은 생각한다. 힘든 고생 속에서도 부부가 협력해서 가정을 이루고 아이들을 키워냈다. 그리고 교회에서도 열심히 봉사생활을 하셔서 명예장로가 되었다. 진심으로 하나님을 공경하고 이웃을 사랑하는 인생이었다. 그런 면에서 보면 후회 없는 인생이었다고 생각한다. 돌아가신 지 30년 가까이 되지만 부모님은 여전히 내 마음속에 살아 계시고 있다.

돌아가신 후 20년 정도는 기일에 자식들이 도쿄, 교토, 오노다에서 모여서 추도회를 가졌다. 묘지도 스미가오카 집 근처에 마련해 시모노세키교회의 납골당에 모셔 두었던 유골을 그곳으로 옮겼다. 현재는 가끔 공원묘지에 가서 기도와 감사를 올리면서 생전의 나날을 떠올리곤 한다.

나 자신도 문득 정신을 차려보니 어느새 부모님과 같은 길을 걷고 있구나 하는 생각이 최근에 든다.

클리닉 재개

황망한 며칠이 지나고 다시 원래 생활로 돌아왔다. 개업하면 바빠서 부모님 임종을 못 지킬지도 모른다는 불안감이 사실 현실로 나타났다. 아무 일도 없었던 얼굴을 하고 진료 의자에 앉아서 매일매일 내원하는 환자를 기다리는 날이 계속되었다. 이상하게도 일부러 오는 환자가 점차 손님처럼 보이게 되었다. 되도록 정중하게 대하고 원하는 요구사항이 있으면 그것이 이루어지도록 최선을 다했다. 노력한 보람이 있었던지 점차 내원환자가 늘었다. 2년째 중반부터는 첫 번째 목표인 하루 20명을 넘어서 30명이 되었다. 결과적으로 2년째 결산은 4천몇백만 엔이 되었다. 기뻤다. '돌 위에서도 3년'(역주: 처음엔 힘들어도 3년만 참으면 보답을 받는다)이라는 속담도 있지 않았나! 그것이 2년도 되지 않아서 이루어진 것이다. 의사는 역시 다른 직업에 비해서 운이 좋다고 느꼈다. 3년은커녕 그 절반 정도로 안정세로 돌아선 것이다. 한국 이름 김장수를 그대로 사용한 것에 대한 걱정도 기우에 지나지 않았다. 점차 조금씩 자신감이 생겼다. "이대로 계속 가면 괜찮을 것 같다. 충분히 할 수 있겠다"는 생각을 했다. 이 체험은 다른 경험과는 전혀 다른 의미에서 대단히 소중한 인생체험이 되었다. 고통이 사람을 단련시켜서 강하게 만드는 것은 진리인 것 같다. 신약성서 중에서 사도 바울의 말이 생각났다. 말하기를 '고난은 인내를 낳고 인내는 통달을 낳는다. 그리고 통달은 희망을 낳는다. 희망은 결코 실망으로 끝나지 않는다' 이 말에 깊이 격려받고 위로를 받았다.

경영이 안정되고 나서 이윽고 개인경영에서 의료법인으로 탈바꿈했다. 이것은 그만큼 사회적인 중요도와 신용이 증가하는 일이기도 했다. 그만큼 책임감이 무거워지는 것이다.

어머님의 임종

아버지가 돌아가신 후 어머니도 기운이 없는 것처럼 느꼈다. 시

▲ 부모님의 묘(신구영원, 新宮霊園)

모노세키 집에서 혼자 생활하고 계셨다. 나는 클리닉 진료에 얽매여서 가끔 전화하거나 만나러 가는 정도로, 그렇게 걱정은 하지 않았다. 늘 다부진 어머니여서 건강하게 잘 지내고 계시겠지 멋대로 생각하고 있었다. 지금 생각하니 어머니도 혼자 필사적으로 고독과 싸우고 계시지 않았나 상상해 본다. 죄송한 마음을 금할 수가 없다.

어머니를 이따금씩 만나러 가게 된 것은 어머니가 뇌경색으로 쓰러지셔서 시모노세키 후생병원에 입원하시고 난 후였다. 매주 토요일 진찰이 끝나고 시모노세키역으로 향해 거기서 모친을 문병했다. 나를 보고 어머니는 매우 기뻐해 주셨다. 점차 건강을 되찾으시는 것처럼 느꼈다. 조금 어머니 기분이 고양된 것 같은 느껌도 있었다.

얼마 지나지 않아서 어머니가 위독하다는 소식을 받았다. 뇌경색이 재발해서 의식이 없었다. 급히 달려갔더니 산소마스크를 쓰고 호흡을 하고 있지만 의식이 없고 침대에서 잠든 듯한 어머니 모습을 보았다. 그것이 어머니 생전의 마지막 모습이었다. 또다시 나는 아버지 임종과 어머니의 임종조차도 지킬 수가 없었다. 정말 말로 다 할 수 없는 불효를 저질렀다.

그러나 어머니가 괴로워하시지 않고 편안히 돌아가신 것만큼은 조금 마음의 위로가 되었다. 결국 돌아가신 어머니를 자택으로 모셔 철야를 마치고서 다음 날 교회에서 장례식을 치렀다.

어머니는 있는 힘껏 아버지를 도와서 남모르게 가정을 지탱하기 위해 필사적으로 사셨다. 참을성이 많은 어머니였다. 밖에 나오는 것을 싫어하시고 수줍은 면도 있었으나 부드러운 마음은 항상 마음속에 숨기고 계셨다. 지금 생각하니 자식을 위해 인내하고 참고 사신 일생이었다. 그저 감사하기 그지없는 마음이다. 지금 어머니 유골은 가족 묘지에 아버지와 함께 묻혀 있다. 가끔 성묘를 하고 살아생전의 모습을 기리고 고생하시면서 필사적으로 가족을 지켜 주신 것에 진심으로 감사의 말씀을 드린다.

진료소 이전

개원하고 나서 18년간이나 오리오역 근처의 작은 임대건물 2

▲ 오리오신와 클리닉 신축 이전(고묘)

층에서 진료를 계속해왔다. 병원 일은 비교적 순조롭게 잘 되었다. 그 후 오리오역 주변 재개발계획에 따른 임대건물의 철거가 시작되어 현재 병원이 있는 고묘(光明) 지역으로 옮기게 되었다. 오리오역에서 너무 멀어지면 환자들의 통원이 불편해지기 때문에 가능한 한 근처 가까운 토지를 찾아다녔다. 다행히 수백 미터 떨어진 고묘 지역에서 오래된 정형외과가 있던 자리를 깨끗하게 정비해 팔려고 내놓은 토지를 우연히 발견했다. 바로 부동산에 그 땅을 구입하고 싶다는 의사를 전달했다. 다른 맨션 업자도 매입의사를 밝혔으나 매도인의 의향으로 우리 쪽이 구입할 수 있었다. 매도인이 정형외과 의사로 다른 곳에서 개업할 예정이라고 들었다. 같은 개업의라는 것으로 이쪽에 호의를 보인 것 같았다. 그 토지는 진료소 건물 이외에도 적당한 주차장을 설치할 공간이 있었다. 또 건물 옆에 조제약국을 세울 정도의 부지도 붙어 있었다. 그리고 차량통행이 많은 도로에 면해 있어서 입지조건은 더할 나위가 없었다. 조제약국도 같이 건설해 조제업자에게 빌려줘서 임대료를 받기로 했다. 환자에게도 약국이 병원 바로 옆에 있는 것이 편리할 것이다.

진료소의 이전수속에 상당히 많은 시간을 소비했지만 그럭저럭 잘 진행이 되었다. 건물도 업자의 협력을 받아서 내가 설계했다. 1층은 진료소로 하고 2층은 거주공간으로 했다. 임대건물의 비싼 임대료를 내지 않고 내 소유의 건물에서 병원을 운영하는 것은 대단한 행운이었다. 토지 구입비와 건물 건축자금은 이때까지 모아둔 것과 시에서 나오는 보상금으로 어떻게 맞출 수 있어서 큰 자금을 부담할 필요는 없었다. 이때까지 열심히 노력한 보람이 있었다고 절실히 느꼈고 감사했다. 후쿠오카중앙교회와 오리오교회 분들을 모시고 개원파티를 열었다. 모두들 새로운 곳에서의 재출발을 축하해 주었다. 병원을 이전하고 나서도 모든 면에서 순조롭게 잘 되어서 진심으로 감사한 마음이었다.

개원 초기에 세운 세 가지 서약 중 하나, 적어도 20년은 일을 한다는 목표는 건강이 허락되어 달성했다. 다음은 25년을 목표로 일하기로 하였다. 두 번째 비강제적인 의료행위도 물론이고 세 번째 알코올의료에 대한 원내 미팅도 계속 이루어졌다. 개원 이후 20여 년간 천 번 이상 미팅을 열었다. 그렇다고는 하나 역시 알코올 통원환자의 감소에 의해 원내 미팅은 중단할 수밖에 없었다. 북 규슈 시내의 각 정신과 병원에서 새로운 알코올의료가 실시되고 있는 것이 배경이라고 생각한다. 시대의 흐름에 따라 우리 병원도 신경증이나 우울증 환자가 다수를 차지하게 되어, 그 경향이 지금까지 이어지고 있다.

결국 27년째 셋째 딸 미에에게 진료소를 물려줄 때까지 26년간 약 1만 명 새로운 환자를 받고, 재래(再来) 환자는 총 35만 명에 이르게 됐다. 큰 사고나 별문제 없이 이 긴 기간 동안 걸어올 수 있었던 것에 새삼 감사드리는 바이다.

솔직히 말씀드리면, 진료소와 자택을 왕복하는 그런 생활방식을 유지하는 것은 결코 쉬운 일은 아니다. 어떻든 간에 스트레스가 쌓이게 마련이다. 그 스트레스를 해소하고 새로운 기분으로 진료를 이어가는 것이 중요하다. 그런 의미에서 연말연시나 5월 황금연휴, 8월의 오본(역주: お盆 음력 7월 보름 백중맞이)연휴 등 1주일 정도 연휴일 때는 아내와 과감하게 여행을 떠났다. 국내는 물론이고 아시아의 여러 나라(대만, 홍콩, 태국, 발리섬 등)와 하와이를 포함한 미국 여행과 유럽 여행을 다녀왔다. 짧은 일정인 경우는 2박 정도로 한국이나 구주(역주: 九重 오이타현 중서부)에 갔다. 좋은 기분 전환이 되어 병원 일과 환자를 돌보는 일에 더욱 집중할 수 있게 되었다.

장녀 미호와 차녀 마리의 주택 구입

2001년 미호(美穗)가 살고 있는 캘리포니아주 샌프란시스코 건너편 강가의 오클랜드 근교에 있는 엘세리토시에 집을 구입했다. 미호는 당시 캘리포니아 베이 에어리어(역주: Bay Area 산업, 연구, 공공 유락시설로 개발되어 있는 매립지 등의 해안지역)로 나와, 인권 관계 NPO 법인에서 근무하고 있었다. 이 지역에 오랫동안 거주한다고 하면 비싼 월세를 계속 내는 것보다는 구입하는 것이 좋다고 생각했다. 엘세리토시는 오클랜드 북쪽에 위치하고, 샌프란시스코시의 다운타운으로 가는 지하철역이기도 하다. 유명한 캘리포니아대학 버클리 캠퍼스가 있는 버클리시에도 가깝다. 집은 베이 에어리어를 전망할 수 있는 언덕의 중턱에 있었다. 골든게이트 브리지, 베이 브리지도 다 볼 수 있다. 전망이 좋아서 매우 마음에 들었다. 상당

▼ 엘세리토시 미호의 집(가장 오른쪽 끝)

히 비싼 물건이었으나 과감히 구입했다. 그 후 10년이 지났지만 미호는 그 집에 계속 살고 있다. 나중에 들은 바로는 이 해안지역에 자기 집을 소유하는 것은 주민 특히 이민자들에게는 꿈이라고 한다. 그 후 인구가 더 증가해서 집은 오래됐지만 가격이 많이 올랐다고 한다. 지금 그 가격으로는 살 수 없었을 것이다. 과감히 구입해버려서 운이 좋았다고 생각한다.

한편, 마리(眞理)도 미네소타대학을 졸업하고 오리건주 포틀랜드주립대학 대학원을 나와서 워싱턴주의 시애틀에서 일본에서 오는 유학생을 보살피는 작은 회사에 취직했다. 마리가 사는 시애틀을 방문했을 때는 미호와 마찬가지로 살 집을 찾아다녔다. 결국 마리는 시내의 작은 집을 구입해서 거기에 살게 되었다. 마리가 회사를 그만두고 캐나다 밴쿠버에 있는, 브리티시 콜롬비아대학(UBC)에서 MBA(Master of Business Administration)를 취득하기 위해 대학원에 들어갈 때까지 수년간을 거기에서 보냈다. 물론 나중에 시애틀 집은 매각했다.

미호와 마리가 있는 미국에 자주 여행 갔다. 원래부터 여행을 좋아했기 때문에 전혀 고생스럽지는 않았다. 이렇게 세계 각지를 여행할 수 있었던 것은 괴로운 시기도 있었지만 그것을 인내하고 뛰어넘어 개업하고 노력해서 경제적으로도 안정되었기 때문에 가능한 일이었다. 모든 것에 감사하고 싶다.

셋째 미에에게 원장을 교대

병원을 개업한 지 27년째부터 미에가 진료소를 이어받아서 운영하고 있다. 미에는 일본에 머무르면서 우리 곁에서 후쿠오카의 지쿠시여학원(筑紫女学園)중학교와 고등학교를 졸업하고 구루메대학(久留米大学) 의학부를 졸업하고 정신과 의사가 되었다. 졸업 후는 규슈대 정신과 의국에 들어가 연구와 수련을 쌓았다. 학회 전문의나 정신보건지정의 자격증을 취득한 후에 내 뒤를 이어받았던 것이다. 부모의 기대에 보답하기 위해 열심히 노력한 결과일 것이다. 주위를 둘러보면 개업의의 후계 문제로 고민하는 의사들이 많다고 한다. 정신과도 예외는 아니다. 우리 미에가 여러 가지 무거운 책임을 짊어지고 열심히 진료를 하는 모습을 보면 조금 안타까운 생각이 든다. 아울러 현재 듬직하게 진료소를 잘 운영하는 것을 보면 안심이 된다. 효도해 주어서 정말 고맙게 생각한다. 앞으로 고생도 하겠지만 자신이 선택한 길을 잘 걸어 나가

▲ 2006년 3월 셋째 미에 구루메대학 의학부 졸업

기를 바란다. 그리고 고통은 인간을 성장시킨다. 앞으로도 인간적으로 더욱더 성장해 주기를 바라는 마음뿐이다.

손자 루카와 손녀 마야

마리는 캐나다 밴쿠버 체재 중에 피터·페루지니를 만나 잠시 교제를 한 후에 하와이 카우아이섬에서 결혼식을 올렸다. 현재도 밴쿠버에 살고 있다. 2015년 9월 3일에 대망의 첫 손자 루카가 태어났다. 피터 가족의 행복을 신에게 기도했다. 귀여운 루카는 아

▼ 2014년 5월 차녀 마리, 피터 베르지니와 결혼
(하와이 카우아이섬)

▲ 하와이 카우아이섬에서
피터 베르지니와 마리의 결혼식에서

무 탈 없이 쑥쑥 건강하게 잘 자라고 있다.

　루카와 그 가족에게

　멀고 먼 하늘의 저편에서
주님께서 보내주신 우리 집의 보물
그것이 루카입니다.

　아빠와 엄마의 애정을 듬뿍 받아서
건강하고 밝게 마음 풍요롭게 자라도록
진심으로 기원합니다.
루카의 가족에게 언제나 행복이 가득하기를!!

　할아버지와 할머니가

　피터 가족은 1년에 한두 번 일본에 와서 우리 집에서 한 달 정
도 체재한다. 그동안 여행이나 쇼핑을 즐기면서 편안하게 지낸다.
피터는 노트북을 가지고 와서 일본에서 재택근무 시간을 정하고
일도 한다. 요즘 세상은 정말로 편해졌다고 느낀다.
　우리 부부도 밴쿠버에 갔을 때 피터 가족과 함께 알래스카 크
루즈 여행에 초대받아, 알래스카 빙하와 연어가 산란을 위해 강을
거슬러 올라가는 것을 감상하고 즐겼다. 배 안에서의 쇼도 즐거웠
고 처음으로 참신한 크루즈 여행을 선물해 준 피터에게 감사했다.

2016년 9월 ▶
루카 1세의 생일
(캐나다 밴쿠버)

루카 1세의 생일파티 ▶
(밴쿠버 자택)

캐나다 밴쿠버 ▶
피터와 마리의 집

현재는 코로나 때문에 갈 수가 없어서 유감이지만 코로나바이러스 감염이 좀 가라앉으면 또 방문하고 싶다. 자상하게 마음을 써 주는 피터에게 고맙고 앞으로도 가족 모두 행복하기를 바란다.

견실한 가정을 꾸린 마리네 가족과는 달리 미호는 전 세계를 돌아다니는 활발한 딸이다. NPO법인 데이터센터의 대표를 하거나 일본 여성의 지위 향상을 지향하는 단체의 야요리상 수상, 영국 옥스퍼드대학원에서의 국제인권법 연구 그리고 간세이학원(関

◀ 야요리상 2008

◀ 야요리상 수상 후의 강연회

New College - Oxford

▲ 2018년 3월 미호 옥스포드대학 대학원 졸업

西学院)대학에서의 박사학위 취득을 위한 논문 작성 등, 글로벌한 시야로 사회운동가로서 활약하고 있다. 샌프란시스코주립대학에서 강의도 담당하고 있다.

루카가 태어나고 얼마 후에 나는 경천동지와 같은 뉴스를 들었다. 마야에 대한 것이었다. 미호에 대해서는 웬만한 일에는 익숙해져 잘 놀라지 않으나 이 소식에는 정말로 놀랐다.

이제까지의 미호의 심정을 헤아리면 가슴이 아프다. 미호는 에모리대학의 학비를 감당 못 하고 생활비도 궁해서 주립 조지아대학으로 옮겼다. 거기에서 어느 남성과 교제해서 그 남성의 아이를 가졌으나 미호는 중절수술을 하지 않고 출산의 길을 선택했다. 무엇보다도 중절이 조지아주에서는 허용되지 않았을지도 모른다. 잘 모르겠으나 학생 신분으로 아이를 키우기 곤란한 것은 자명한 일이다. 육아를 우리에게 맡길 수도 없었다. 그래서 아이가 없는 미국 부부 집에서 아이를 맡아 키우게 되었다. 그리고 그때, 친엄마 자격으로 아이와의 교류를 약속받았다고 한다. 이후 그 아이와 가끔 교류를 하면서 벌써 20여 년이나 지났다는 것이다.

지금 생각하면 미호는 그 당시 본인이 할 수 있는 최선을 선택했다고 믿고 싶다. 태어나는 아이는 행복하기 위해 태어나며 행복해질 권리도 있다. 미호가 낳은 아이는 나에게는 손녀이기도 하다. 두 번째 손녀가 하늘에서 내려온 것처럼 주어졌던 것이다. 그래서 손녀로서 받아들이고 굽어살필 필요가 있다고 생각했다. 다행히 마야도 자신의 일본에 있는 조부모를 만나고 싶어 한다고 들었다. 지금까지 잘 키워 주신 부모님의 마음에 감사했다. 동시에 두 번째 새로운 손주를 내려 주신 주님에게 깊은 감사를 올렸다.

한시라도 빨리 마야를 보고 싶고 그리고 마야 부모님을 직접 뵙고 감사의 마음을 전하고 싶었다.

그래서 우선 미호에게 빨리 마야를 만나고 싶다고 전하자 마야가 흔쾌히 일본으로 와주었다.

후쿠오카공항에서 아내와 함께 마야를 맞이했다. 처음 인상은 매우 밝고 침착해 보이는 총명한 여자아이였다. 환영의 인사를 하고 집에서 이야기를 나누면서 즐거운 시간을 보냈다. 지금까지 추억이나 현재의 생활에 대해서 물어보았다. 애틀랜타 교외에서 구김살 없이 밝게 잘 자란 듯이 보였다. 또 미래의 생활설계에 대해서도 얘기해 주었다. 매우 노력가이고 인내심과 진취성이 강한 인상이었다.

일주일 정도 체재하는 동안에 미호와 미에가 데리고 다니면서 후쿠오카를 안내했다. 처음 본 일본이라서 보이는 것 듣는 것 전부 신선하게 느끼지 않았을까 한다. 뭐라고 해도 훌륭한, 새로운 손녀와의 만남이었다. 마야를 이렇게 잘 키워 주신 미국인 부부에게 정말 감사의 말씀을 드린다. 마야가 일본에 있는 동안에 우리 부모님 성묘도 같이 갔다.

마야를 본 후에 애틀랜타 부모님도 꼭 한번 뵙고 감사의 마음을 전하고 싶었다. 그래서 아내와 함께 미호의 안내로 부모님을 만나러 가기로 했다.

꼭 1년 후인 7월에 그 일이 성사되었다. 엘세리토 미호의 집에서 여행의 피로를 푼 후에 애틀랜타로 갔다. 그다음 날 마야 부모님이 사시는 애선스(애틀랜타 교외)에 가서 부모님 집을 방문했다. 높은 나무가 많은 숲속에 있는 전원주택이었다. 부모님은 기분 좋게 맞이해 주셨고 간단히 인사를 끝낸 후에 마야의 어린 시절 비디오를 보여줬다. 구김살 없이 자라는 유년시절의 마야와 행복해하는 마야의 모습이 담겨 있었다. 점심을 대접받고 아버지 머피 씨가 근무하는 주립 조지아대학 캠퍼스를 안내해 주었다. 넓은 캠

▲ 2019년 8월 마야 부모님댁을 방문

▲ 2019년 8월 밴쿠버에서의 가족회식 (왼쪽부터 시계방향으로) 피터, 미유키(아내의 질녀, 캐나다 체재), 미호, 장수, 수임, 마야, 마리, 루카

퍼스의 오래된 건물은 역사의 흔적을 느끼게 해주었다. 마야도 이 대학에서 공부했다.

마야 부모님은 온화하고 소박한 느낌의 분들로, 올곧이 대지에 뿌리를 내리고 건실하게 생활하고 있는 듯한 인상을 받았다. 마야 부모님을 만나고 무사히 애틀랜타로 돌아왔다. 아주 중요한 일을 끝낸 듯한 느낌이었다. 그러나 또 하나 중요한 일이 남아있었다. 그것은 시모노세키교회 시절의 신 목사님의 사모님을 만나는 것이었다. 애틀랜타 시내에 살고 계셔서 찾아갔다. 유화가 취미여서 실내에 훌륭한 작품이 장식되어 있었다. 인사하는 의미로 두 점 정도 구입했다. 저녁을 대접받고 매우 즐거운 시간을 보냈다.

예수 그리스도로 모두가 하나가 된 것을 실감했고 매우 감사했다.

Grandma & Grandpa,

I am so happy I got to spend some time with you guys in Athens, Atlanta, and Vancouver! My parents are still talking about how happy they are that you guys came all the way to Athens to meet them. We all loved the thoughtful gifts and family time. I also wanted to say thank you again for helping Jeff and I get to Japan next year, we are beyond excited! I will start planning with Miho ASAP! Please let me know whenever you guys need more soap, the "cold water" one is apparently popular among men. I hope you guys all have a fantastic trip to Alaska. I love and miss you both already.

♡ your favorite granddaughter, Maya

Thank you

▲ 마야로부터의 편지

▲ 2010년 촬영

소중한 여행의 목적을 다 마치고 마틴 루터 킹 목사의 기념관이나 미호가 처음 다녔던 에모리대학의 기숙사나 대학병원을 견학한 뒤 애틀랜타를 떠났다.

이번 여행을 통해 사람은 여러 곳에서 만나 서로 도와가며 우정을 키우는 것이 소중하다는 것을 새삼 느끼게 해주었다. 일생에 단 한 번뿐인 인연을 소중히 여기는 기회가 되었다.

09
재일한국인에 대한 구애

이제 나도 나이를 먹어 고령이 되었다. 가족들도 잘 지내고 경제적으로도 큰 걱정이 없는 생활을 보내다 보면, 수십 년간 받은 고통스러운 기억이나 민족차별에 의한 굴욕감이나 분노가 점점 아련하게 느껴지는 것 같다. 힘든 시대였으니 어쩔 수가 없었다는 심리도 작용하기 때문일 것이다. 그러나 현재도 재일을 둘러싼 상황은 심각한 상황 그대로이고 민족차별을 부채질하는 혐오 발언이나 시위, 식민통치를 정당화하는 역사수정주의의 부활 등을 보고만 있어서는 안 된다고 생각한다.

하나의 방법으로 재일한국인이 걸어온 오랜 고난의 역사를 잘 기록해서 남겨야 한다고 생각한다. 올바른 역사를 정확하게 후세에 전달하는 노력을 게을리하면 역사는 반복되기 때문이다. 고난의 역사를 또다시 반복해서는 안 된다. 이것은 일본 사회를 위해서도 바람직하지 않다. 일본 사회는 국제화된 다민족과 다문화가

공생하는 사회를 구축해 가야만 한다. 그렇지 않으면 일본은 점점 좁은 섬에 갇혀서 세계에서 고립되어 버린다. 현재의 상황 그대로라면 세계의 일류 선진국 지위를 잃어버리게 될 것이다. 시대의 흐름은 빠르고 변화는 가파르다. 그것에 대응해서 대외적으로, 국제적인 상호교류를 돈독히 할 필요가 있다. 그러나 현재 한일 관계는 최악으로 정말 유감이라고 할 수밖에 없다. 그렇다고 해서 이대로 방치해 두어서는 절대 안 된다.

이상의 관점에서 앞으로도 이런 상황을 조금이라도 개선하기 위해, 재일한국인인 것을 계속 고집하는 것이 중요하다고 절실히 느낀다.

재일을 둘러싸고 있는 상황

식민통치시대부터 요즘 최근 얼마 전까지도 오랜 기간 일본의 행정차별제도는 전에도 기술했듯이 심각했다. 거슬러 올라가면 종전 직후인 1946년 내가 태어난 때는 일본 국적이었고 그리고 1952년부터는 일본 국적을 일방적으로 박탈당해서 제3외국인 취급을 당했다. 그때는 17세가 되면 모든 재일한국인은 지문 날인한 외국인등록증을 휴대할 의무가 있었다. 나도 고등학교 때 시모노세키 시청에 가서 만인 앞에서 지문 날인을 해야만 했다. 마치 범죄자 취급이었다. 다른 시민들은 우리를 경멸과 기이한 눈초리로 보았다. 그때의 모욕감과 일본의 행정 처리에 대한 끓어오르는 분

212

노는 지금도 잊을 수가 없다. 그러나 분한 마음은 있어도 지문 날인을 거부하면 불법체류자가 되어 국외강제추방이라는 변을 당한다. 외국인등록증은 항상 휴대할 필요가 있다. 사법 당국의 요구가 있으면 언제라도 외국인등록증을 제시하지 않으면 안 된다. 만약 소지하고 있지 않은 경우는 휴대하지 않은 죄로 체포를 당하거나 경우에 따라서는 경찰서에 끌려갈 수도 있다. 재일이기 때문에 기본적인 인권도 있어서는 안 된다는 식이다. 재일한국인은 그런 차별사회에서 숨을 죽이고 사는 생활을 영위할 수밖에 없었다. 범죄 예비군의 골칫거리와 같은 취급을 당했다. 그래서 많은 재일한국인은 일본 사회의 압력을 조금이라도 완화시키기 위해 일본식 통명을 사용하게 되었다. 우리 집의 통명은 가네무라(金村)였다. 어렵고 힘든 일본 사회에서 살아남기 위한 하나의 고육지책이었던 것이다.

재일인권운동에 관해서

현재 재일한국인의 인권은 전보다 조금 개선된 것 같은 느낌이다. 얼마 전까지는 꿈도 못 꿀 대기업에 본명으로 취직하거나 변호사 등과 같은 전문자격 취득, 또한 사립만이 아니라 국공립대학 교원 채용 등도 가능하게 되었다. 의료 분야에서도 정신보건지정의의 자격 취득, 국공립병원의 의장이나 과장직 승진의 길이 열렸다. 아울러 재일한국인의 법적 지위의 개선 등도 꼽을 수 있다. 엄격한 단속대상이 아니라 지역주민으로서 평가되고 있는 것 같은 인상이다. 그 배경에는 일본 사회의 핵가족·고령화에 의한 인구 감소와 그것에 따른 심각한 노동력부족이라는 사정도 있을 것이다. 요즘은 예전에는 생각할 수 없었던 노동력부족을 메울 이민정책 등이 신문지면을 가득 채우고 있다.

그러나 이러한 재일한국인의 지위 향상은 하루아침에 이루어진 것은 아니다. 오늘날까지 오랜 시간 끈질긴 재일한국인의 권리획득운동이 큰 역할을 완수한 결과, 하나하나씩 끈기 있게 달성한 성과라는 것을 잊어서는 안 된다.

오늘에 이르기까지 많은 인권운동이 있었으나 역사적으로 큰 전환점이 된 대표적인 세 개의 운동에 관해서 소개하도록 하겠다.

첫 번째는 히타치(日立)제작소 취직 차별재판이다. 1970년대 일본 사회 전체의 민족차별이 심했던 시기에, 당시 19세 박종석(朴鐘碩) 청년이 히타치제작소를 상대로 재판을 시작했다. 그는 고등학교를 졸업한 후 히타치제작소에 취직을 희망해서 일본 이름으로 원서를 내고 채용이 결정되었다. 그 후 재일한국인이라는 것을 알고 그것을 이유로 회사 측이 채용을 취소했던 것이다. 그는 채용 취소는 민족차별이라고 고소를 했다. 그 후 4년간 끈기 있게 민족차별의 실태를 계속 호소했다. 점차 지원운동이 활발해져서 1974년에 채용 취소는 무효라는 역사적 판결을 쟁취하여 22세에 히타치제작소에 입사했다. 그는 정년까지 근무했다고 한다.

엄격한 차별사회 속에서 실로 용기 있는 민족차별 해소를 위한 싸움이었다. 이 싸움은 최초의 인권획득운동으로서 기념할 만한 가치가 있는 사건이었다.

두 번째는 재일대한기독교회 고쿠라(小倉)교회 최창화(崔昌華) 목사가 NHK를 상대로 고소한 1엔짜리 재판이다. TV뉴스에서 방송될 때마다 한국 본명인 최창화 목사라고 부르지 않고 일본식 한자 발음인 사이·쇼카 목사라고 불렀기 때문에 최 목사는 몇 번이나 한국 발음인 최창화로 정정하라고 요구하였다. 그러나 NHK는 오랜 관행이라는 명목으로 본명 발음을 거부했다. 그래서 최창화 목사는 어쩔 수 없이 배상으로 1엔을 지불하라고 재판을 걸었다. 즉, 1엔은 돈의 가장 기본이 되는 단위이고 본명은 인격의 기본이라는 의미에서였다. 그것이 1975년의 일이다. 그 후 지원활동도 활발해져 갔고 1988년까지 이어졌던 재판 결과, 최종적인 판결은 패소로 나왔다. 그러나 NHK는 일반 여론에 떠밀려 본명의 원래 발음으로 방송하게 되었고 다른 방송국도 이 방식을 뒤따르게 되었다. 결국 재판에서는 졌지만 실질적으로는 승리였다. 생각해 보면 한국에서는 일본인 야마모토(山本) 상을 한국 발음으로 산본 상이라고 부르거나 고바야시(小林) 상을 소림 상이라고 부르지 않는다. 본명으로 불러준다. 더욱이 본인의 강한 요청이 있다면 더더욱 그러하다. 그것이 인권존중이다. 최창화 목사의 운동은 일본인에게 본명을 존중하는 것이 얼마나 소중한가를 알려준 점에서 큰 공적이라 할 수 있다. 이 운동도 1970년대에서 1980년대에 걸친 인권운동 중의 하나이다.

또한 재일한국인에게 있어서 가장 큰 의미가 있는 운동이 1980년대에 시작되었다. 그것은 외국인 지문날인거부운동이었다.

1985년에 일본변호사연합회가 재일외국인에게 지문 날인을 의무화하는 것은 인권침해라는 성명을 냈다. 그것에 가장 먼저 반응한 것은 재일 청년들이었다. 그리고 지문 날인 거부라는 형태로 운동이 전개되기 시작하였다. 처음에는 행정 측도 거부한 청년들을 체포하거나 했으나, 그것이 불에 기름을 부은 격이 되어 점점 지문날인거부운동이 전국적으로 확대되는 결과가 되었다. 얼마나 재일 청년들이 굴욕감이나 반발심이 컸는지 이해되었다. 결국 1993년이 되어서 외국인등록법개정이 되어서 그것에 따라 지문날인제도가 폐지되었다. 재일한국인의 미래에 있어서 대단히 큰 전진이었다.

이들 운동에서 공통된 점은 행동하고 끈기 있게 주장하는 것이 중요하다는 것, 운동을 성공시키기 위해서는 오랜 세월을 필요로 한다는 것을 지적할 수 있다. 그중에서도 청년의 용기와 행동력이 역사를 바꾸는 큰 힘이 되었다는 것을 배웠다. 이와 같이 조금씩 재일한국인에 대한 장래의 가능성이 열려 가고 있는 것이다.

재일증후군에 대해서

1970년대부터 90년대에 걸쳐서 전국적으로 재일인권운동이 크게 고조되었다. 내가 소속되어 있는 재일대한기독교회에서도 일본에서의 사회적 약자운동에 관심을 가지고 논의가 활발해지고 있었다.

마침 그때 1994년 12월 재일대한기독교회 구마모토(熊本)교회의 김성효(金聖孝) 목사(재일 2세)가 일본침례교연맹 소속 일본 목사에게 차별 발언을 당한 사건이 일어났다. 어느 집회 자리에서 일본 목사에게 "재일한국인은 일본에 동화되었으니 로마에 가면 로마법에 따르라는 말처럼 일본에 맞춰서 살아야 한다"고 대중 앞에서 모욕을 주었다. 그 발언은 재일한국인에 대한 차별을 은폐하고 불평불만을 못 하게 하겠다는 의도였다. 그 발언을 듣고 김성효 목사는 격렬하게 항의했다. 그리고 그 동화 발언의 부당성과 재일한국인이 받아온 차별에 대해서 여러 곳에서 계속 호소한 것이다. 당연히 재일 한국인교회의 관계자들도 김성효 목사를 지지하고 응원했다. 일본침례교연맹을 비롯한 많은 일본 교회의 관계자들도 점차 이 사건의 호소에 호응을 하고 관심을 가지고 되었다.

그 후 일련의 사건에 대해서 한 권의 책이 1998년 11월 일본침례교연맹에서 출판되었다. 『김이 김으로서』라는 제목의 책이었다. 이 책에서 김 목사를 비롯하여 많은 재일한국인이나 사려 깊은 일본인들이 차별의 실태와 그 해소를 위해 서로 노력할 필요가 있다고 기술하고 있다. 또한 일본침례교연맹은 책에서 차별 발언을 인정하고 사죄하는 것과 동시에, 앞으로 재일대한기독교회와 협력해서 재일한국인을 이해하고 차별 해소를 위해 노력할 것을 선언하고 있다.

이 사건 또한 재일한국인에 대한 이해와 차별 해소를 향한 의미 있는 대처였다.

그 후 교회의 어느 집회에서 속편을 출판한다는 얘기가 나왔다.

나에게 그 속편 책의 한 장을 써 달라는 의뢰가 와서 곧바로 승낙했다. 2000년 말경의 일이다.

그 무렵은 정신과 클리닉을 개원하고 겨우 궤도에 올라서 하루에 많은 환자를 보는 매우 바쁜 나날을 보내고 있을 때였다. 이때까지 재일한국인 환자들을 진찰하면서 마음속에 오랫동안 생각하고 느꼈던 주제가 계속 머릿속에서 맴돌았다. 그것은 재일한국인의 정체성 문제이며, 그 정체성 성립 과정에서 생기는 인격적인 특징이나 정신장애의 모습이었다. 그때까지 재일에 대한 차별이나 편견이 어떠한 정신적인 문제나 병명을 야기시키는 것에 대해서 관련 보고나 문헌은 거의 없다고 해도 과언이 아닐 정도로 찾아볼 수가 없었다. 또한 재일한국인의 정신적 고통이나 정신장애는 단지 개인적인 문제로 치부되어서 주목받은 적은 전혀 없었다. 그래서 일본 사회의 차별이나 편견 속에서 묵묵히 견디면서 어떻게든 생활하고 있는 사람들의 정신적인 특징을 명확하게 세상에 알릴 수 있는 사람은 당시에는 나밖에 없다고 생각했다. 그리고 이러한 사회적 차별 등이 얼마나 심각한 인격 왜곡이나 경우에 따라서는 정신장애까지 일으키는지를 증명하는 것은 큰 의미가 있다고 생각했다. 그것을 나는 '재일증후군'이라고 이름을 붙였다. 그 내용을 규명하는 것은 나에게 주어진 역할이라고 생각해서 책의 1장을 쓰게 된 것이다. 그것은 2001년 7월에 아카시(明石)서점에서 『재일한국인의 아이덴티티와 일본 사회 - 다민족 공생을 위한 제언』이라는 제목으로 출판되었다.

재일증후군에 대해서 조금 더 설명하도록 하겠다.

재일한국인은 크게 세 개의 마이너스 요인을 안고 고군분투하는 일이 많다. 하나는 빈곤의 문제이고 둘은 사회적 차별과 편견이다. 그리고 세 번째는 이문화 갈등이다. 재일 1세일수록 문화 갈등은 클 수밖에 없다. 빈곤 문제는 재일 1세의 생활을 보면 쉽게 이해된다. 1세의 대다수는 거의 맨주먹으로 일본에 와서 그 생활환경으로부터 필연적으로 도시의 조선부락 등에서 극빈자 생활을 했다. 또한 일본인이 싫어하는 3K 직장에서 혹독한 노동을 할 수밖에 없었다. 소위 도시의 최하위층을 형성한 것이다. 그들은 생활을 유지하기 위해 필사적이었다. 그 가정은 생활에 쫓기기 때문에 항상 불안하고 싸움이나 갈등이 끊이지 않는다. 또 대부분의 재일가정은 아이도 많다. 따라서 아이들을 제대로 보살필 여유가 없어서 아이들은 거의 방임상태로 지내는 일이 압도적으로 많다.

〈표 1〉 재일한국인의 아이덴티티 확립 과정

과잉적응기	……	초등·중학교	……	과잉적응
			……	자기부정
			……	열등감
반항기	……	고등학생·대학생	……	민족 의식
			……	반일적 태도
종합기	……	대학·사회인	……	공생지향
			……	국제화 공헌

<표 2> 재일증후군

1	유년시기에 반복되는 학대체험
2	기능이 불안전한 가족 내에서의 성장
3	민족적 부담의 이미지 내재화
4	사회적인 인간관계면에서 어려움이나 굴절된 감정을 실감

그 때문에 처음부터 가정 해체라는 부정적인 요인을 껴안게 된다.

유년기 아이들의 정신적 성장에 꼭 필요한 것은 부모님의 애정을 충분히 받는 것과, 가정이 안정되어 편안함과 안심감을 갖는 것이다. 그러한 것들이 있어야만 비로소 자기는 사랑받고 있고 필요한 존재라는 자기긍정감이 싹트는 것이다. 이 자기긍정감이 아이들의 인격 형성에는 필수조건이다. 그러나 붕괴가정에서는 정반대의 감정에 지배되어 버린다. 그것은 자기부정의 감정으로 열등감이다. 자기는 아무도 필요로 하지 않는다, 살 가치가 없다, 태어나지 않았으면 좋았을 것이라고 질책하고 괴로워하는 결과가된다. 그 결과 정서불안정, 자포자기, 순간적인 감정에 지배되어버린다. 그와 같은 자기부정은 심각한 외상체험으로 인격의 깊은곳에 자리를 잡는다. 결과적으로 인격의 성장을 저해하게 되어 경우에 따라서는 심각한 인격파괴에 이르게 된다. 그 결과는 극단적인 자기파괴 행동으로서 자살을 택하거나 자해행위를 하거나 한다. 한편으로는 견딜 수가 없어서 반사회적 행위나 범죄에 빠지는 것도 드문 일은 아니다. 최근 싱글 맘에 의한 아동학대 등이 보도되는 경우가 많다. 그것은 부모의 인격 미숙과 더불어 바로 경제적인 빈곤과 인간관계의 파탄에 의해 궁지에 내몰린 결과의 행동으로 이해된다. 아동학대를 일으키는 싱글 맘의 유년기를 보면 그들은 붕괴가정에서 학대를 받으면서 자란 사람이 많다. 세대를 뛰어넘어 학대가 반복된다. 그것은 빈곤이나 인간관계의 파탄, 붕괴가정에서 생긴 인격 파괴가 가져온 결과이다. 현재 일본의 가정 8할이 기능불안전 가정이라고 한다. 사회적 차별이나 편견과는 전혀 연이 없는 일본인 가정조차도 이렇다고 한다. 문제가 그렇게 심각하다는 것이다. 재일한국인의 경우는 이상과 같은 것에 더해서 사회적 차별이나 편견이라는 악조건이 더해진다. 인간 성장에 있어서 마이너스 요인이 보다 크다고 할 수 있다. 아이들은 다른 아이들에게서 고립되어 버린다. 집단 따돌림도 심하고 또한 민족적 열등감도 격해지는 것이다. 그 결과 마음속에 큰 상처를 입고 성장하게 된다. 성인이 되면 반사회적인 인간이나 상습 범죄자가 되는 것을 쉽게 상상할 수 있다.

물론 그와 같은 상황을 빠져나오려고 필사적으로 노력하는 재일한국인도 당연히 있다. 그 길은 정말로 좁고 험한 길이지만 개개인에게 주어진 능력과 노력에 따라 달라질 수 있으리라 본다. 재일한국인에 있어서 또 하나의 길은 연예계이다. 배우나 가수 같은 연예인이 되는 길이나 스포츠선수의 길이다. 프로야구나 프로축구로 유명해지는 재일한국인이 많다. 또 최근에는 학문의 길에 뜻을 둔 사람도 많다. 물론 의사나 변호사와 같은 국가자격증을

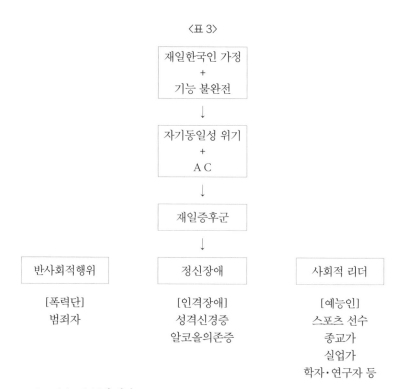

#AC=Adult Child의 약자

취득하는 재일한국인도 많다. 또 실업가로서의 길도 있다. 그들 자신의 길을 걷는 재일한국인은 많은 노력과 인고의 세월을 감수해야 한다. 그렇게 오기와 도전정신으로 자기 성취의 길을 열어가는 것이다.

그러나 한편으로 자기실현에 실패하는 재일한국인이 압도적으로 많다. 그들 일부는 반사회적인 단체(폭력단)에 들어가 몸을 던져 꼭대기까지 올라가는 사람도 많다. 범죄를 반복하는 사람도 있다. 또 정신에 이상이 오는 사람도 많다. 그중에서도 특히 알코올에 의지하는 사람들도 많다. 일본에 사는 재일한국인의 현실이다.

'재일증후군'은 극도의 빈곤과 사회적 차별과 편견 속에서 자란 재일한국인의 인격 왜곡이나 정신장애를 종합한 개념이다. 빈곤과 차별에 의해서 생긴 인격 장애이고 정신장애 환자를 재일증후군이라고 호칭하기로 했다. (도표 참조)

내가 재일한국인의 정체성과 재일증후군에 대해서, 1장을 쓴 이후 그 나름의 반향이 있어서 그 후 일본침례교연맹에서 일본침례교회 관계자의 교육용 교재로서 단독 소책자를 발행했다. 그것이 일본침례교연맹 발행의 『재일한국인의 아이덴티티와 정신장애 - 특히 재일증후군에 대해서』이다.

이후 진료로 바쁜 와중에도 여러 곳에서 강연 의뢰가 들어오면 시간이 허락하는 한 강연 요청에 응하려고 노력했다. 주요한 강연에는 내가 속한 교단 주최의 인권 심포지엄(교토), 지쿠호(筑豊)지구에서 주최한 한일기독교합동 인권심포지엄, 교단의 전국여성연합회 주최 연수회심포지엄(오사카), 교단서남지방회 산

▲『재일한국인의 아이덴티티와 정신장애—특히 재일증후군에 대해서—』 2001년 8월 발행

하 오리오교회(북 규슈) 창립 50주년기념집회 등이 있다. 주로 재일 혹은 한국 교회 쪽의 활동이다. 그 한편으로는 일본인을 위해서도, 내 소속인 일본정신과 진료소협회 주최의 연차총회에서 학회발표(구마모토)나 일본 이문화간 정신의학회 심포지엄(후쿠오카)이 있다.

마지막으로 한국의 대한정신의학협회 주최의 '해외정신과 심포지엄'(서울)에 초대되어 영어로 강연한 것 등이 있다.

대체로 한국이나 재일 관련단체의 강연에서는 호의적으로 받아들여져 그 나름의 실상을 호소할 수 있었다. 한편으로 일본정신과 진료소협회의 학회 발표는 그다지 관심을 끌지는 못했다. 일본 의료관계자들의 특히 의사들의 편협성과 보수성을 느꼈다. 아직도 갈 길이 멀다는 느낌이 컸다. 혐오 스피치나 시위 데모 등이 아직도 언론의 자유라는 명목으로 허용되는 사회 상황이다. 또한 서점에서는 많은 혐한 서적이 점포 앞을 장식하고 있고 아울러 그것들이 상당히 팔리고 있다고 한다. 출판업계는 그 나름 일본의 양심을 대변하고 있다고 믿었으나 돈벌이 수단에 빠져 있는 것은 정말로 유감이다. 소책자에도 적었지만, 재일한국인 문제는 일본 사회의 모순이나 문제점을 보다 선명하게 표현하고 있다는 것, 또 그들 문제는 재일의 문제이기보다는 일본 사회의 문제이기도 한 것을 다시 한번 강조하고 싶다. 차별당하는 측의 문제가 아니라 차별하는 측의 문제인 것이다. 그리고 차별하는 사회도 심각한 차별구조를 가지고 있다는 점이다. 그 좋은 예가 지금도 일본 사회에 둥지를 틀고 있는 피차별부락 문제이다. 그것이 최근 사회 상황에서는 차별당하는 쪽이 문제라는 논조이나, 이것은 금후 정확하게 바로잡아가는 것이 중요하다. 이 문제의 진전이 없는 한 일본은 인권 후진국으로 간주되어 국제적으로 고립의 길을 걷게 될 것이다.

재일한국인에 대한 집착에 대해 기술했으나, 나에게 있어 재일에 대한 문제는 자신을 재일한국인으로서 있는 그대로 일본 사회에 드러내서 일본 사회 전체의 문제로서 인식해 달라는 것, 더욱이 문제해결의 노력 속에서 일본 사회가 일본인에게도 외국인에게도 살기 좋은 나라가 되는 계기가 되길 바란다는 점이다. 말하자면 재일에의 집착은 일본에 사는 이웃으로서 일본에 보내는 러브콜이기도 하다.

마지막으로 재일한국인을 포함해서 영주외국인의 인권 증진을 위해 해야 할 운동에 대해 언급하고자 한다. 하나는 재일대한기독교회가 중심이 되어 진행해 온, '외국인주민기본법제정'을 요구하는 운동이다. 현재 일본에는 재일을 포함해 이민, 난민 또는 돈벌이노동자 등 2백만 명 이상 생활하고 있다. 일본의 행정은 이들을 노동력부족을 보완하기 위한 사람들로 밖에 보고 있지 않아서 일본 사회에 안주하기 위한 법 정비가 전혀 되어 있지 않은 상황이다. 기본적 인권을 사회약자층에게도 보장하기 위해서 외국인주민기본법제정을 요구하는 운동이 계속되어 왔다. 금후 반드시 이 운동이 더욱 활발해져 결실을 맺어야 한다. 또한 몇 년 전까지 상당히 논의되어 매스컴에서도 거론되었던 '영주외국인의 지방참정권'에 대한 문제이다. 처음에는 국가정책으로서 검토되었으나 집권 여당인 자민당의 강력한 반대에 의해 실현되지 못하고 현재에 이르고 있다. 이 지방참정권 문제는 지금 다시 한번 초점을 맞추어 실현을 위해 끈기 있게 운동을 계속해야 한다고 생각한다. 지방참정권은 재일한국인을 포함해 영주외국인이 지역주민으로서 인정받기 위한 강력한 무기가 되리라고 확신한다. 영주외국인이 한 표를 행사할 수 있게 되면 지방의원 정치가들도 영주외국인의 의견이나 요망을 듣고 진지하게 대응할 수밖에 없다. 금후 일본 사회가 다문화, 다민족 공생사회로 변모해서 성숙한 민주주의 국가가 되기 위해서는 피해서 돌아갈 수는 없는 문제이기도 하다.

이상, 금후 재일한국인을 포함한 영주외국인의 인권을 위해 반드시 필요한 두 가지를 지적해 보았다.

10
재일대한기독교회

재일대한기독교회의 역사

나와 관계가 깊은 재일교회의 역사에 대해 언급하도록 하겠다.

1908년 당시 한인 일본 유학생들이 도쿄(東京)에 모여 예배를 드리게 되었다. 일본제국주의에 의해 한국이 강제로 병탄이 되기 2년 전의 일이었다. 이 모임은 현재의 도쿄교회에서 이루어졌다. 그 후 일본 각지에서 선교활동이 활발히 전개되어 속속 교회가 세워지게 되었다. 시모노세키에도 시모노세키교회가 생겼다. 이것은 당시 얼마나 많은 한국인이 일본으로 건너가서 일본 전국에 흩어져 살았는지를 잘 말해주고 있다. 대다수의 노동자는 최저 극빈 노동자였다. 그들에게 예수 그리스도의 복음전도, 즉 사회의 구석으로 쫓겨나서 고통 받는 사람들에게 주님의 평안과 위로를 주고 차별과 빈곤을 함께 하는 것이 재일교회의 기본적인 자세였다.

따라서 재일대한기독교회는 일본의 마이너리티와 함께 성장했다고 할 수 있다. 또한 식민통치 속에서 허덕이는 한국인들과 끊으려야 끊을 수 없는 깊은 관계가 있음을 알 수 있다. 따라서 재일교회는 본질적으로 일본 제국주의의 폭력적인 식민통치에 반대해 온 역사가 있다. 대표적인 예를 들면, 1919년 2월 8일 도쿄 기독교청년회관에서 조선의 독립을 선언하는 사건이 있었다. 이 2·8 독립선언의 중심에는 일본 유학생과 더불어 재일기독교인들의 힘이 컸었다. 이것을 계기로 조선에서 1919년 3월 1일을 기점으로 일본 식민지지배에 저항하여 독립만세운동이 일어났다. 일제의 무자비한 탄압 속에서도 이 민족운동은 지속적으로 전개되었고 전국적으로 확산되었다. 이 격렬했던 3·1운동을 기점으로 가혹했던 식민통치가 문화 통치로 조금 완화되었다고 들었다. 그 당시 많은 일본 교회는 무엇을 하고 있었던가? 일제의 황민화교육과 동화정책에 같이 영합하여 일본 목사는 한국 신도들에게 천황숭배와 함께 신사참배를 강요했다. 그것이 조선인을 위한 길이라는 독선적인 논리였다. 이와 같은 일본 교회의 모습은 본질적으로 예수 그리스도정신에 어긋나는 태도이다. 일본 그리스도교를 대표하는 지식인 우치무라 간조(內村鑑三)는, 1923년 관동대지진 때 조선인이 우물에 독을 던졌다는 유언비어를 믿고 자경단을 조직해서 조선인 학살에 가담한 사람이다. 그 결과 수천 명이 학살되고 희생되었다. 당대 최고의 지식인 중의 한 사람인 그리스도교인조차도 이런 상황이다. 다만 전후가 되어서 일본 그리스도교단은 이 잘못을 인정하고 사죄는 했으나 그 근본적인 체질이 어느 정도 바뀌었는지 의문을 품을 수밖에 없다.

더 덧붙이자면, 일본 정부는 패전 전에 오늘날의 재일대한기독교회(당시 재일본 조선기독교회)를 일본 기독교단에 국책에 따르는 형태로 강제적으로 편입시켰다. 이후 한국어 예배는 금지되었고 일본 관헌의 감시하에 예배를 보았다. 그것은 일본이 패전할 때까지 계속되었다. 이에 저항한 많은 신도들이 순교했다. 물론 전후 즉시 재일교회는 일본 기독교단을 탈퇴하고 스스로의 주체성을 되찾았다. 그러나 군국주의와 식민통치 아래에서 억압받은 재일교회의 고통을 결코 잊어서는 안 될 것이다.

우리 부모님은 이와 같은 일본의 가혹한 식민통치 속에서도 굴하지 않고 그리스도교 신자가 되신 것이다.

현재 교회의 제도

현재 재일교회는 장로제도를 채용한 개신교교회이다. 각지의 교회는 각자 독립성과 자주성이 부여되어 있으나 전국에 5개 있는 지방회(관동, 중부, 관서, 서부, 서남)에 소속되어 있는 자주적인 연결 관계이다. 지방회의 책임자는 지방 회장이고 선거로 선출된 목사가 그 임무를 맡는다. 각 지방회는 서기나 회계 등 여러 부서가 있고 지방회의 여러 문제를 협의해서 일하는 임원회가 있다. 또 각 지방회 산하에 교회의 목사와 장로가 정기적으로 모여서 협의하는 임직원회가 있다.

그리고 1년에 한 번 정기규모의 총회가 있다. 각 지방회의 대표들이 모여서 전국적인 과제에 대해서 협의하는 장이다. 선거로 선출된 목사가 총회장이 되어 종교법인 재일대한기독교회 대표 관리가 되는 것이다. 총회 사무실은 도쿄에 있고 전담직원이 직무를 맡고 있다. 총회장 외에 중요한 역할을 하는 것이 총간사라고 불리는 목사이다. 전국의 5개 지방회와 각지의 교회를 조정하고 전국을 뛰어다니는 대단한 직책이다. 현재 전국의 교회, 선교 거점 수는 1,000군데 있고 신도 인원은 5천 명 정도이다. 규모는 작으나 역사적으로 이룩해온 공적은 결코 작지 않다. 항상 사회의 저변에서 사회의 구석으로 내몰린 가난한 사람들의 측에 서서 목소리를 내고 힘을 합쳐서 싸워 왔던 것이다.

각 교회의 조직

먼저 교회 장로의 역할을 이해하기 위해서는 각 교회의 조직과 운영에 대해서 알아야 한다. 각 교회의 최고의결기관은 연 1회 열리는 총회(신자총회)이며, 모든 중요한 결정은 이 총회를 거칠 필요가 있다. 그다음으로 일상의 운영에 있어서 최고집행기관은 당회(堂会)라고 한다. 이 당회는 목사와 장로로 구성되어 있고 가장 중요한 회의이다. 당회장은 담임목사가 맡는다. 그 밑에 실무집행기관으로서 목사, 장로 그리고 권사나 집사로 이루어진 제직(諸職)이 있다. 이 자리에서는 당회의 결의사항을 포함한 많은 현안사항을 의논한다. 아울러 앞으로의 실행방침이 승인되고 공식적인 교회의 결의사항이 되어 각각 실행으로 옮겨가는 구조이다. 회계에 관해서도 제직회에서 검토하는 일이 많다.

즉 당회의 가장 중요한 역할은 교회의 원활한 운영에 전 책임을 진다는 점이다.

구체적으로 보면,

첫 번째, 예배나 성례전(성찬식 등)을 집행하는 것,

두 번째, 신도의 신앙생활과 신앙심을 위해 온 힘과 조력을 아끼지 말아야 한다. 특히 어려운 상황에 놓인 신도를 적극 지원해 준다.

세 번째, 교회 재정 유지를 위해 노력해야 한다. 각 연도의 예산에 맞추어 모금을 하거나 스스로 헌금을 올려야 한다. 이것에는 목사의 생활비나 목회활동비 그 외의 것들이 포함된다.

그러나 코로나사태와 같은 사회상황이나 예기치 못한 돌발 상황에 의해 재정이 압박을 받을 때가 있다. 이런 재정적인 문제를 해결하기 위해서 서로 협의하고 노력하지만 이런 경제적 부담이 당회원인 장로에게 부과되는 경우가 적지 않다. 그러나 몇 명 안되는 장로 인원으로는 재정적인 어려움을 감당하기 어려울 때가 많다. 그래서 때로는 당회 내에서 격한 의견대립이 있는 경우가 있다. 있어서는 안 되는 일이지만, 상황이 금전적인 문제일 경우 장로들이 고통스러운 재정 부담을 해야만 하는 경우가 종종 발생한다.

네 번째, 교회의 재산관리이다. 후쿠오카중앙교회는 여러 경위로 인해 상당히 큰 빚을 껴안고 건립되었다. 그 빚은 이자까지 변제하지 않으면 안 된다. 그 때문에 그 분담을 특히 장로 당회원이 지게 된다. 교회를 파산시킬 수는 없기 때문이다. 만일 파산하면 교회만이 아니라 재일대한기독교회의 신용이 걸린 문제이기도 하다. 이와 같이 교회의 운영과 유지에 큰 책임을 지고 있는 것이 당회라고 할 수 있다.

그중에서도 당회원으로서 장로의 책임은 막중하고도 무겁다고 할 수 있다. 모든 교회의 운영과 유지에 책임을 지지 않으면 안된다. 구체적으로 보면 1, 예배에 출석하고 아울러 재정적인 부담을 짊어진다. 예배가 차질 없이 이루어질 수 있도록 전력을 다해야 한다. 때로는 예배의 사회나 설교를 분담하고 성례전에 협력해야 한다. 2, 목사의 설교나 목회활동에 지장이 없도록 적극 협력하고 지원해야 한다. 3, 목사와 신도 여러분들과의 중간역할이다. 목사에게 직접 말하기 어려운 신도의 의견을 모아서 목사에게 전달하거나 반대로 목사가 직접 신도들에게 전달하기 어려운 생각 등을 신도에게 전하고 이해를 청한다. 그리고 4, 교회재산관리를 원활히 해 나가 그것을 다음 세대로 넘겨주어야 한다.

결론적으로 당회원으로서 장로의 역할은 목사의 선교활동을 협력하고 지원해서 신도나 미신자에게 목회활동의 버팀목이 됨으로써 교회의 원활한 운영에 책임을 지는 것이라고 할 수 있다. 그런 의미에서 장로직은 부담이 커서 큰 각오와 더불어 희생과 봉사정신을 가져야만 하는 막중한 자리이다. 그러나 이 자리는 한편으로는 예수 그리스도의 복음에 대한 감사와 신앙에 의한 것이므로 크나큰 기쁨과 은혜로 되돌아오기도 한다.

내가 장로직을 맡았을 당시는 야하타후생병원에서 근무의사로서 일하는 시기였다. 거기에서는 히젠요양소에 있을 때와 달리 당직근무나 생활비 때문에 다른 아르바이트는 하지 않았던 시기였다. 또한 일요일은 완전히 비워서 교회 일에 전념할 수 있었다. 그런 운도 따라서 바쁜 일상 속에서도 병원진료와 교회봉사를 같이 양립할 수가 있었다. 그러나 병원 개업 준비를 시작할 무렵이어서 부담이 컸던 것도 사실이었다.

신교회당 건축

후쿠오카중앙교회 창립 초기부터 우리 소유의 교회당을 갖고 싶다는 신도 일동의 강한 소망이 있었다. 그 때문에 교회 발족 당시부터 건축헌금을 모아왔다. 가장 큰 이유는 교회가 빌리고 있는 서남 KCC는 원래 교회당으로 설계된 것은 아니었다. 그 때문에 공간이 좁았고 답답했다. 그래서 필요한 방을 나눌 공간도 부족했다. 게다가 규슈기독교회관은 일본 기독교단 규슈 교구의 건물이었다. 그중의 서남 KCC를 빌려서 예배를 드렸다. 그래서 규슈 교구에 대해서 조심스럽고 어려운 점이 많았다. 실제로 김치 냄새나 소음이 문제가 된 적도 있었다.

2005년 3월 제2대째 담임목사로 나라(奈良)교회에서 김명균(金明均) 목사가 부임했다. 부임하자마자 부랴부랴 신교회당 건축 구상을 의논했다. 좋은 일은 서두르는 것이 좋다고 그 즉시 교회당 건축위원회가 발족했다. 여러 가지 상의를 거친 후 후쿠오카중앙교회의 장로 제1호인 내가 건축위원장이 되었다. 지금 생각하면 신교회당 건축은 장로로서 두 번째로 큰일이었다. 새로운 교회를 완성하기까지는 10년의 세월을 소비했으나 대단한 인내와 고통이 뒤따랐다.

우선 신교회당의 규모에 대해서 위원들과 구상을 검토하였다. 그것은 신도 100명 정도 앉을 수 있는 자리를 만드는 것, 그 밖에 모자실, 주일학교실, 식당과 부엌, 장애자용 화장실, 엘리베이터 그리고 목사관을 병설한 건물이었다. 그리고 주차장을 되도록 많이 확보하도록 한다. 장래 고령자나 장애자의 예배출석을 위해 반드시 필요하다고 생각했다. 그리고 적당한 장소 선정은 위원들과 협의해서 교회 이름대로 후쿠오카시 중앙구 내에 세우기로 했다. 예산은 이때까지 신도가 낸 건축헌금을 포함해서 1억 엔으로 정했다. 앞으로의 목표를 향해서 신도 여러분들과 기도를 올리면서 헌금을 바치고 다른 재일교회, 협력관계에 있는 일본의 각 교회에서도 기부금을 모으기로 했다.

토지선정과 구입, 재정적인 문제, 건물설계와 시공업자 선정 등 해야 할 일이 산재했다. 그것들을 하나하나씩 해결하면서 진행시킬 필요가 있었다.

이와 같은 목표를 기초로 해서 조금씩 행동에 옮기기로 했다. 주요한 멤버는 김명균 목사와 김행자(金幸子) 장로 그리고 나, 이렇게 3명이었다. 우선 시내 여러 교회에 견학을 갔다. 각자 머릿속에서 신교회당의 구체적인 이미지를 그리기 위해서이다. 여기저기 많은 교회를 방문했었다. 그것과 함께 적당한 토지를 찾으러 다니면서 타당성과 가격 등도 검토했다. 물론 김 목사가 중심이 되어 모금 취지서를 작성해서 송부하는 작업도 같이 진행했다.

그것만으로도 많은 시간이 걸렸다. 실로 긴 안목으로 차근차근 진행할 필요가 있다고 실감했다.

그러고 있는 동안에 신문에서 중앙구 도진마치(唐人町)에 토지가 딸린 건물이 나온 것을 보았다. 오호리공원(大濠公園)에서 약간 북쪽에 위치하고 있고 후쿠오카 돔에 가깝다. 또 큰길에 면한 3층짜리 가구점이었다. 가격도 그렇게 비싸지 않아서 7,500만 엔 정도였다. 즉시 보러 갔더니 건물에는 엘리베이터도 있고 내부를 개조하면 교회당이나 목사관을 비롯한 방을 나눌 수가 있을 것 같았다. 즉시 교회사람들의 의견을 모으고 매수에 착수했다. 꿈이 이루어진 것처럼 생각했으나 계약 하루 전에 느닷없이 가구점 주인에게서 매각을 중지하겠다는 연락이 왔다. 한껏 부풀어 올랐던 기대감이 한순간에 물거품이 되어버렸다. 참으로 실망스러웠다. 중개업자에 따르면 갑자기 소유주의 마음이 바뀌어 매각이 안 되는 경우가 가끔 있다고 한다. 아무리 생각해도 유감이었지만 현실을 받아들일 수밖에 없었다. 결국 처음 원점부터 다시 시작해야만 했다. 그리고 나서 4~5년이 흘러갔다. 매일매일 신문의 부동산 광고란을 체크했다. 쓸 만한 물건은 거의 가 보았다고 생각한다. 중앙구 내에서 적당한 가격의 토지를 찾는 것은 너무 어려웠다. 적당한 물건은 가격이 너무 비싸서 손댈 엄두가 나지 않았다. 속절없이 시간만 흘러갔으나 그래도 포기할 수는 없었다.

　어느 날 평상시와 같이 신문을 보고 있었는데 신문 한쪽 구석에 중앙구 덴진(天神) 북쪽에 토지매각의 광고를 발견했다. 즉시 현장에 가보니, 그 토지는 남쪽으로 가늘고 길게 면해 있어서 덴진에 가까운 입지였다. 그러나 토지 모양새가 안 좋았다. 넓이는 70평 정도 되었으나 부엌 식칼과 같은 모양새였다. 땅모양이 썩 안 좋은 만큼 단가는 저렴했다. 이것저것 생각한 끝에 잘 궁리하면 건물이 세워질 것 같다는 의견이 모였다. 다시 신도들의 합의를 거쳐 사기로 결정했다. 토지만 손에 넣으면 차후 천천히 생각하면서 진행할 수 있을 것 같았다. 전과 같은 실패를 거듭하지 않기 위해서 곧 매매계약서를 작성하기로 했다. 그 결과 정말로 운좋게 싼 가격으로 그 땅을 살 수가 있었다. 우리가 계약할 즈음에는 다른 곳에서도 사겠다는 요청이 많이 있었다고 한다. 선착순으로 당첨되어 정말 행운이었다.

　꿈이 다시 부풀어 올랐다. 다음 단계로 진척이 된 것이다. 그다음은 건축설계와 시공업자 선정이다. 먼저 설계 부문에서 좋은 설계사가 있는지 찾아다녔다. 가능한 한도에서 건축비가 싸고 또 우리 쪽의 요구사항을 잘 들어줄 것 같은 설계사를 찾아보았다. 그러나 생각이 짧았다. 제대로 신뢰할 수 있는 설계사는 그것에 상응해서 설계비도 비싸기 마련이다. 이것저것 원하는 것이 많으면 많을수록 예산도 점점 늘어난다. 한편으로는 모금도 잘 되지 않았다. 이때까지 신도들이 모았던 건축헌금은 토지구입비에 써서 바닥이 난 상태였다. 거의 무일푼인 상태로 무모하게도 1억 엔의 예산을 세워 훌륭한 교회당을 만들고 싶다는 것이어서, 처음부터 터무니없는 얘기였었다. 재정부족과 건축비용 사이에서 괴로워하는 나날이 이어졌다. 필사적으로 모금활동을 하면서 융자신청을 위해 은행과도 교섭했다. 물론 나도 상응하는 헌금을 바치게 되었다. 악전고투가 계속되는 가운데 어느 교회의 장로님이 좋은 업자를 소개해 주셨다. 장로님의 소개이므로 신뢰가 가서 곧 연락을 해서 만났다. 만나보니 붙임성이 있고 사람도 좋아 보였다. 이쪽의 요구사항도 잘 들어주겠다고 하고 건축비도 쌌다. 그래서 완전히 믿고 맡긴 것이 큰 낭패가 되어서 나에게 되돌아오리라고는 꿈에서조차 생각하지 못했다. 그 시공업자는 영세업자에 경험도 없었던 것이다. 건축자금은 선불이라서 상당한 금액을 투입한 시점에서 건축 도중에 야반도주를 해버린 것이다. 너무나 갑작스러운 일이라서 아연실색 상태였다. 업자의 회사 사무실이나 사장 집에 찾아가도 만날 수도 없었고 그 가족들에게도 외면받기 일쑤였다. 그래서 변호사와 상담하고 사후책을 강구해 보아도 좀처럼 결말이 나지 않았다. 건물은 뼈대만 앙상한 채로 그대로 방치되어버렸다. 결국 수개월 후에 아는 사람 소개로 다른 업자와 재계약해서 여하튼 공사를 재개하기 시작했다. 이 도주로 인한 손해는 수천만 엔에 달했다. 이때가 가장 괴로웠던 시기였다. 사기를 당한 피해 금액에 대해서 집이라도 팔아서 변상하라든지, 교회를 빚더미로 만들었다는 등, 무고한 비난이 나에게 전부 쏟아졌다. 늘 가족과 같이 지내는 교회분들의 비난이었던 만큼 심적으로 상당히 타격을 입었다. 또 한 번 상당한 금액의 변상을 내가 개인적으로 할 수밖에 없었다. 도중에 모든 것을 다 팽개치고 싶은 마음도 있었지만 오기로라도 그만두고 싶지는 않았다.

실컷 쓰라린 마음고생을 한 후에 현재와 같은 형태로 완성된 것은 토지구입에서 4년이 지난 후였다. 2015년 12월 헌당식을 맞이했을 때는 실로 지난 4년간의 고생이 생각나서 감개무량했다. 그러나 4,600만 엔이라는 큰 금액의 은행 빚을 떠안게 되었다. 그래도 그 이후 5년이 지났지만 모두 협력해서 조금씩 빚을 갚아 나가고 있다. 현재 코로나로 인해 신자 수도 줄어서 헌금도 줄고 있는 실정이다. 이 고통스러운 재정상태가 앞으로 몇 년은 계속될 것이라고 예상한다. 그러나 어떻게든 이 고난을 극복해가는 희망을 가지고 서로 힘을 모아야 한다. 어려운 상황 속에서도 여기까지 올 수 있었던 것은 우리 교회당을 갖고 싶다는 신도분들의 뜨거운 열망과 협력이 있었기 때문이다. 교회는 예배의 장, 종교, 교육, 교류 그리고 사회봉사의 장이다. 앞으로 후쿠오카중앙교회가 중앙구 덴진에서 많은 분들이 출입하고 신앙에 기반한 따뜻한 교류 속에서 위로받으며 신앙의 고리가 커져가는 것을 바라는 바이다.

지금까지 시모노세키교회에 다니면서 유년기부터 여러 보살핌이나 격려 그리고 많은 애정을 받아왔다. 후쿠오카에 오고 나서도 실로 많은 재일한국인과 일본 교회나 규슈대 YMCA 관계자분들에게 많은 신세를 졌다. 교회당 건립에 관계한 덕분에 조금이나마 이 은혜를 갚게 되었다고 나는 생각하고 있다. 한편으로는 세상을 위해서 사람을 위해서 도움을 주는 일에는 비록 작은 일일지라도 커다란 인내와 희생이 뒤따른다는 것을 새삼 느끼게 된 것도 사실

▲ 2015년 11월 신교회당 전경

▼ 2015년 11월 신교회당 헌당식

이다. 이와 같은 소중한 경험을 하게 해 주신 주님의 인도와 은혜에 감사드리는 마음이다.

금후 재일교회의 전망

2020년 말 후쿠오카 시내에는 세 개의 재일대한기독교회가 있었다. 후쿠오카교회를 시작으로 후쿠오카중앙교회 그리고 하카타(博多)교회이다. 후쿠오카 도시권 내의 인구를 생각해봐도 결코 많다고는 할 수 없다. 특히 최근에는 한국에서 온 이주자가 많다. 우리 교회에도 예전부터 나오던 재일신도는 감소하고 특히 재일 3세, 4세의 교회 이탈에 직면하고 있어서 한국 출생의 새로운 재일 1세들의 교회 참가를 기대하고 있다. 교회당 건축 이후 얼마간은 새로운 재일 1세들이 가족동반해서 많이 참가했다. 더욱이 한국에서 온 많은 관광객의 참가에 힘입어서 교회 운영과 선교는 순조로웠다. 그러나 그 후 급격한 한일관계의 악화에 따른 관광객의 감소 그리고 일본 국내의 혐한 감정의 고조, 재일한국인에 대한 혐오 스피치나 데모 등으로 큰 영향을 받았다. 그것에 재차 타격을 가한 것이 2020년 초반부터 시작한 신형 코로나바이러스감염증이다. 이 코로나 사태로 인하여 한일 간 교류를 포함해서 모든 것이 전면 중지된 상태이다.

재일한국인은 한일관계에 영향을 받아 흔들리고 동요되는 존재이므로 항상 양국 간의 관계에 대단히 민감하게 반응하기 마련이다. 그 때문에 양국의 관계 악화에 의해서 숨죽이는 생활을 할 수밖에 없는 것이다.

또한 현재 이러한 외적 요인에 의해 교회도 큰 영향을 받고 있다. 현재 일요일 주일예배와 수요일기도회가 겨우 올려지고 있는 상태로 출석자도 반 정도로 줄고 있다. 감염을 두려워해서 출석하지 않는 분들이 많은 것은 사실이다. 하루빨리 한일관계의 개선과 코로나 사태의 종식을 기도할 뿐이다.

그러나 교회가 본래의 모습을 되찾아도 지금까지의 교회의 모습은 기대할 수 없을 것이라고 본다. 시대의 흐름으로서 일본 출생의 오래된 재일한국인 중심의 교회에서 새로운 신재일 1세나 2세가 중심이 되는 교회로 변모해 갈 것이다. 특히 도심부에 있는 교회는 이 흐름에서 벗어날 수 없다고 본다. 한편으로 재일 인구가 적은, 예전부터 재일한국인의 이주지에 있던 교회의 미래는 매우 어려운 상황에 놓이게 될 것이다. 이때까지 교회를 명실공히 떠받쳐 온, 오래된 재일 1세, 2세는 거의 고령화되었고 세상을 뜬 사람도 많다. 또한 젊은 3세와 4세는 도시를 떠나서 되돌아오지 않기 때문에 교회를 이끌어 갈 젊은이가 줄어들고 있다. 유감스럽게도 이들 교회는 존속을 위해 큰 고통을 감수해야 할 것이다. 재일 1세분들이 묵묵히 인내 속에서 지켜 온 교회가 이와 같은 상황에 직면하는 것은 실로 안타까운 일이다. 단지 시대의 필연적인 흐름으로 받아들일 수밖에 없는 것일까? 재일대한기독교회는 백년 이상의 역사가 있고 잡초처럼 혹독한 차별사회에서 버티어 왔다. 앞으로도 어떻게 해서라도 존속의 길이 열리기를 기도할 뿐이다. 그것을 위해서 나 자신도 남은 시간과 노력을 바치고 싶다.

나 자신의 신앙에 대해

돌이켜보면 어렸을 때부터 교회를 다녀서 교회가 내 생활의 일부가 되었다. 따라서 성경에 대해서 깊게 생각해 보거나 진지하게 정독해본 적도 없는 것 같아서 새삼 반성하게 된다. 그래서 저 두꺼운 성경을 전부 통독하려고 마음먹고 실행에 옮기기로 했다. 생각보다 상당히 긴 시간이 걸렸다. 통독하는 데에만 1년이나 걸렸다. 그러나 이것이 나에게는 정말 귀중한 체험이 되었다. 이하, 성경을 처음부터 끝까지 읽은 후의 감상을 적어보려고 한다.

먼저 한마디로 결론부터 말씀드리면 하나님은 사랑 그 자체이시다. 모든 인간을 다 평등하게 사랑하고 계시다는 사실이다. 하나님은 최초로 천지를 창조하시고 그다음으로 인간을 창조하셨다. 인간은 하나님이 입김을 불어넣어서 탄생했다. 그러나 시간이 지나자 인간은 주님의 곁을 떠나 자기중심의 자유를 얻으려고 한다. 그 결과 주님을 주님으로 섬기지 않는 존재, 즉 스스로 하나님으로 변신하고자 하는 유혹에 빠지고 말았다. 그 결과 인간은 하나님께 반역하고 죄가 깊은 존재가 된다. 하나님은 그 추락한 인간을 다시 자신의 곁으로 부르려고 하셨다. 즉 하나님과 피조물인 인간의 관계를 원래의 올바른 관계로 되돌리려고 하셨다. 하나님은 인간을 사랑하기 때문에 수없이 인내를 거듭한 결과 인간의 대표로서 약한 집단에 지나지 않은 이스라엘 민족을 선택하셨다. 또한 그들의 회복을 보여줌으로써 온 인류에게 구원의 길을 열어주고자 했던 것이다. 그리고 모세라는 이스라엘 민족의 지도자를 통해서 십계라는 하나님의 율법을 내려 주셨다. 이것을 지키는 것이 구원의 길이라는 것을 하나님은 제시하셨다. 그러나 이스라엘 민족은 이를 지키지 않고 변함없이 계속 죄를 범했다. 하나님은 한 명 한 명을 사랑하시기에 단념하지 않으셨다. 하나님은 죽을죄를 지은 인간을 멸망시키려고 하시지 않았다. 구약의 예언자를 통해서 구세주로서 하나님의 외아들인 예수 그리스도의 출현을 약속하셨다. 그 구세주 예수 그리스도의 복음이 신약성서이다. 이것은 하나님의 인간에 대한 사랑의 최후의 비장 카드였다. 과연 인간은 주님의 아드님 예수 그리스도를 구세주로서 받아들였던가? 대답은 No였다. 인간은 또다시 하나님의 아드님을 십자가에 매달아 무참하게 죽여 버렸다. 이 구원받기 어려운 죄로 얼룩진 인간을 어떻게든 구하려고 하나님은 아드님 예수 그리스도를 죽음에서 부활시켜 스스로 곁에 두신 것이다. 그리고 하나님의 아드님이신 예수 그리스도를 메시아로서 믿음으로써 자신의 죄를 참회하고 구원되는 길을 제시하셨다. 예수 그리스도는 스스로 인간의 죄를 대신해서 십자가 위에서 희생하심으로써 속죄의 역할을 다하신 것이다. 더 이상의 주님의 사랑은 있을 수 없음을 깨닫게 되었다.

몇 년 전에 독일의 유명한 종교개혁자 마틴 루터의 '종교개혁 500주년'을 기념한 독일 여행에 참가한 적이 있다. 20명 정도 일본 기독교인의 단체여행으로 마틴 루터의 발자취를 더듬어 가는

▲ 2006년 촬영

10일간의 여행이었다. 독일의 주로 구동독이 루터가 활약한 지역이었다. 이 여행은 세계사에 큰 업적을 남긴 마틴 루터에 대해서 배우는 귀중한 여행이어서 매우 흥미로웠고 아울러 자신의 신앙을 깊이 반성하는 계기가 되었다. 후쿠오카 루터교회 목사인 하코타 기요미(箱田清美) 씨가 여행 가이드를 맡았다. 하코타 목사의 해설을 들으면서 루터의 종교개혁에 대해 상세히 공부할 수 있었다. 처음 방문하는 독일이었고 수도 베를린에서 여행을 시작했다. 베를린에서는 관광을 겸해 유대인학살 기념비와 베를린장벽 등을 견학했다. 당시 유대인에 대한 편견이 심각했음을 실감했다.

그 후 버스로 루터의 생가와 다니던 학교를 견학했다. 루터는 유복한 실업가 집안에서 태어나 처음에는 법률을 공부했다고 한다. 그러나 우연히 큰 사건을 계기로 수도사가 되기로 결심했다.

그것은 아무것도 없는 허허 들판에서 별안간 번개를 맞은 것이었다. 죽음의 공포에 떨면서 루터는 "만약 내 생명이 구조된다면 평생 주님을 섬기기 위해 수도사가 되겠습니다"라고 기도했다고 한다. 그 후 본인이 서약한 대로 수도원에 들어가 한평생 하나님을 섬기기 위해 면학에 힘썼다. 루터가 번개를 맞은 장소에는 현재 기념비가 세워져 있다. 참가자는 그 자리에서 모두 기도를 올리고 예배를 올렸다. 매우 감동적인 체험이었고 또 루터의 인간적인 결단에 공감을 느꼈다. 루터의 종교개혁의 동기에 대해서는 잘 알려진 것과 같이 면죄부의 문제였다. 당시 종교세계를 지배하고 있던 가톨릭교회의 본연의 자세에 큰 의문을 제시한 것이다. 당시 루터와 같이 공식적으로 반대 의견을 표명하는 것은 매우 용기가 필요했고 목숨을 걸고 한 행동이었다. 이후 긴 핍박이 이어졌지만 다행히도 루터의 생각을 지지하는 사람들이 서서히 늘어갔다고 한다. 여기에서도 세상을 바꾸는 운동은 오랜 시간의 인내와 용기가 필요하다는 것을 다시금 느꼈다.

마틴 루터는 자신을 지지하는 어느 지방 호족의 성에 숨어 있는 동안에 라틴어로 된 신약성서를 독일어로 번역했다. 당시 성서는 라틴어로 성직자용 밖에 없었기 때문에 루터는 그것을 일반 민중도 널리 읽을 수 있도록 독일어로 번역했다. 그것을 얼마 안 되는 기간에 번역했다고 한다. 그 대업을 이룩한 방을 견학했는데 참으로 좁고 답답한 검소한 방이었다. 이런 곳에서 세계사에 남을 위업을 달성했다는 것에 깊은 감명을 받았다. 그리고 후에 구약성서도 독일어로 번역했다.

루터의 위업은 오늘날 기독교의 기초가 되었다. 그 외에 유럽사회에도 많은 영향을 미치어서 현재에 이르고 있다.

여기에서 루터의 신앙에 대해서 간단히 정리하면 세 가지로 요약할 수 있다.

1, 신앙은 성서에만 기초해야 할 것. 2, 하나님으로부터 바른 도리로 여겨지는 것은 오로지 신앙에 달려있다. 덕을 쌓는 것이나, 수행이나 선행에 의하지 않는다. 3, 구원은 하나님의 일방적인 은혜인 것이다. 즉 인간 측의 노력이나 공적에 의한 것이 아니다. 따라서 인간은 주님의 일방적인 은혜에 단지 감사하고 받아들이는 존재라는 것을 의미한다.

오늘날의 루터교회는 루터 신앙의 가장 중요한 이 세 가지를 기초로 하는 교회이다.

참으로 대단한 감명을 받았다. 이 세 가지는 귀중한 가르침으로 소중히 지켜야만 한다고 느꼈다. 성서는 읽으면 읽을수록 깊은 진리가 넘쳐 나오고 아무리 퍼내도 계속 넘쳐 나오는 주님의 사랑을 알 수 있는 복음서이다.

그저 감사할 따름이다.

앞으로의 배움이 더 깊어지기 위해서도 건강에 유념하면서 또 기회가 있다면 성지여행에 참가해 보고 싶다. 요즘 코로나 사태도 있어서 언제 가능할지 모르겠으나 한시라도 빨리 코로나가 진정되기를 바랄 따름이다.

후기

먼저 담담하게 지금까지의 인생 여정을 정리하게 되어 감사의 말씀을 드린다.

인생을 비유하는 예로서 '산이 높으면 골(계곡)이 깊다'라는 말이 있다. 여기에서 산은 최고봉, 성공을 의미하고 골은 힘들고 어두운 고통을 상징한다. 과연 나 자신의 인생은 어떠했는가? 주어진 환경 속에서 간절히 살아왔다고 자부하는 한편, 정말 이것으로 괜찮았는지 의구심이 든다. 곰곰이 돌이켜보면 내 인생에 있어서 산의 높이는 적당한 정도였고, 한편으로 계곡의 깊이는 상당히 깊었던 느낌으로 다가온다. 즉 인생, 대성공이라고 할 수 없지만 정신과 의사로서 그런대로 성공했다고 생각한다. 하지만 인권 후진국인 일본 사회에서의 어떤 의미에서 개척자로서 짊어진 고생은 이만저만한 것이 아니었다.

하나님은 인간 모두에게 특별한 재능을 주시었다. 그러므로 인간은 그 능력을 충분히 발휘해서 하나님의 깊고 한없는 은혜에 감사와 영광을 올리고 하나님의 나라를 더욱 풍요롭게 해야 한다.

그런데 과연 나는 주님께서 부여하신 능력을 다 사용하고 있는 것일까? 스스로에게 묻곤 한다. 인간의 본성이란 결국 자신의 안위에 집착하는 경우가 많다. 그러므로 늘 참회하고 마지막은 주님의 판단에 맡기는 수밖에 없을 것이다.

여기에서 나 자신의 인생의 발자취를 돌아보고 몇 가지 감상을 기술하고자 한다.

앞에서 기술한 것과 같이 인생은 산도 있고 계곡도 있다고는 하지만, 적당한 계곡(고생)은 성장을 위한 비료가 될 것이다. 고생은 인내를 낳고 그것이 또한 사람을 성장시킨다.

아울러 긴 인생을 살아가는 데 있어서 만남과 인연의 소중함에 대해 말하고 싶다. 나 자신의 경우 어려운 상황이 닥칠 때마다 사려 깊은 일본인이나 한국인, 재일한국인이 온정의 손길을 내밀어 주어서 새로운 길이 열리곤 했다. 그리고 그 길을 걸어감으로써 곤란을 극복할 수 있었다. 한편 나에게는 몇 분의 소중한 은사님들과 운명적인 만남이 있었다. 그런 만남과 인연을 소중히 간직하고 싶다. 나라와 민족의 차이를 뛰어넘은 따뜻한 인간적인 만남이었다.

그리고 인생을 크게 바꾸는 결단을 살아가면서 해야 할 때가 반드시 두세 번은 찾아온다고 생각한다. 그 결단에는 용기와 신념이 필요하다. 용기를 가지고 결단을 내려 인내하면서 자신의 인생을 개척하는 것이 중요하다. 주님이 지켜 주신다는 믿음을 가지고 그저 맡기는 것뿐이다. 최선을 다하고 천명을 기다리는 자세이다.

마지막으로 사람을 미워하지 말고 그 죄를 미워해야 한다는 점이다. 재일한국인으로 살아가는 발자취 속에서 많은 차별이나 편견에 고통 받은 것은 사실이다. 그러나 각 개인을 원망해서는 안된다. 재일한국인처럼 고통 받고 사회의 한구석으로 내몰린 사람들을 위하여 사회개혁운동에 적극적으로 참여해서 사회변혁을 추진하는 것이 무엇보다도 중요하다. 많은 인내와 노력을 필요로 하지만 그것이 한층 더 나아가서는 사람들의 생각을 바꾸고 시대를 바꾸는 움직임에 연결되는 것이다. 비록 긴 여정일지라도 인내와 노력에 더하여 자기희생정신으로 그 목표를 달성해가는 것이 필요하다.

긴 것 같지만 짧은 것이 인생이며 그리고 그 인생의 끝이 좋으면 모든 것이 좋다고 한다. 이것 또한 동감한다. 나도 주어진 인생을 열심히 살아서 마지막에 그와 같은 심경에 이르고 싶다. 그러기 위해서는 남겨진 인생을 앞으로도 더 열심히 달려갈 수 있도록 최선을 다하고 싶다.

끝으로 자서전을 쓸 수 있도록 항상 격려해준 장녀 미호와 이 서투른 문장을 한 권의 책으로 정리해 주신 보고사 출판사의 김흥국 사장님 및 스태프 여러분들에게 진심으로 감사의 말씀을 올린다. 아울러 항상 물심양면으로 도와주신 이은자 선생님과 번역을 담당하신 김기민 선생님의 노고에도 감사드린다.

2022년 여름

저자 연표(약력)

1921년		부친(金道植) 한국 경상남도 출생
1923년		모친(朴点伊) 한국 경상남도 출생
1946년	5월	야마구치현 시모노세키시 출생
1959년	4월	시립 고요(向洋)중학교 입학
1962년	3월	동 졸업
1962년	4월	야마구치현립 시모노세키 니시고등학교 입학
1965년	3월	동 졸업
1965년	4월	규슈대학 의학부 입학
1965년	10월	규슈대 YMCA 나지마기숙사 입소
1968년	여름	민단주최 한국방문단 참가
1970년	11월	홍수임과 결혼
1971년	3월	규슈대학 의학부 졸업
1971년	6월	의사국가시험 합격
1971년	6월	규슈대학 의학부 정신과 입국
1972년	3월	장녀 미호 출생
1972년	5월	국립 히젠요양소 취직
1973년	6월	오키나와 류큐정신병원 출장
1974년	7월	차녀 마리 출생
1976년		히젠 신경화학연구실소속
1981년	10월	셋째 딸 미에 탄생

1983년	4월	미국 남일리노이대학 유학
1985년	3월	국립 히젠요양소 복직
1986년	9월	야하타후생병원 취직
1990년	6월	후쿠오카중앙교회 장로 취임
1992년	4월	오리오신와 클리닉 개원
1992년	6월	아버지 별세
1994년	12월	손녀 마야 탄생 (미호)
1996년	6월	어머니 별세
2010년	4월	클리닉 신축이전 (야하타 니시구 고묘)
2014년	5월	차녀 마리 결혼
2014년	9월	장녀 미호 결혼
2015년	9월	손자 루카 탄생 (마리)
2015년	11월	후쿠오카중앙교회 신교회당 헌당식
2016년	5월	후쿠오카중앙교회 장로 은퇴
2016년	7월	후쿠오카중앙교회 명예장로 취임
2018년	4월	셋째 딸 미에 클리닉 원장 취임
2020년	6월	후쿠오카중앙교회 장로취임 30주년
2020년	11월	결혼 50주년
2021년	3월	규슈대학 의학부졸업 50주년
2022년	3월	클리닉 개원 30주년

참고기록(주로 재일관계)

1993년 10월   National policy of Japan on Ethnic Residences and
                      Identitiy Issues of Koreans
                      (World Congress of Korean Psychiatrists, Seoul, Korea,
                      Korean Neuro-Psychiatric association)

1998년 1월   「재일 한국·조선인과 정신장애—다문화간 정신 의학적인 이해와 지원」(제4회 다문화간정신의학회 심포지엄)

1998년 7월   「정신과 의료의 현장에서 본 재일」(RAIK통신 제56호) (재일·가족·공동체에게 KCCJ인권심포지엄)

2000년 6월   「정신과의료현장에서 본 재일한국인과 교회의 자세」(재일 대한기독교회 오리오 교회 창립 50주년기념지)

2000년 11월   「재일한국인의 아이덴티티와 정신장애」(일본 정신신경과진료소 협회지)

2001년 8월   『재일한국인의 아이덴티티와 정신장애—특히 재일증후군에 대해서—』(일본침례교연맹발행)

2018년 8월   「AA후쿠오카지구 발족 30주년을 행해서」(AA후쿠오카지구 30주년기념지)

2020년 7월   「후쿠오카중앙교회 창립 35주년의 발자취」「창립 35주년을 맞이해서—가정집회에서 신교회당으로」(재일대한기독교회 후쿠오카중앙교회 창립 35주년기념지)

지은이 김장수(金長壽)

일본에서 출생한 재일한국인 2세. (부모님은 경상남도 농촌 출신으로 10대의 나이에 일본으로 건너가 야마구치현 탄광에서 노동자로 일했으며 해방 후에도 계속 일본에 거주했다.) 시모노세키시 조선인부락에서 출생해 심한 사회적 차별과 극빈한 생활 속에서 유소년기를 보냈다. 이후 학업에 정진해 고난을 극복하고 규슈대학 의학부를 졸업했으며 정신과 전문의로 여러 기관에서 근무했다. 2년간의 미국 연수를 마치고 정신과 개업의로 독립했다. 재일대한기독교회의 장로로 봉사했으며 현재 후쿠오카 시에 거주하고 있다. 가족으로는 아내와 세 명의 딸이 있다.

옮긴이 김기민(金基民)

문학박사. 일본 와세다대학 일본어일본문화전공 박사과정수료. 경희대학교 박사과 정 졸업. 경희대학교 등 많은 대학에 출강했으며 다수의 저서와 번역서를 출간했다. 현재는 일본어를 가르치면서 강원대학교에 재학중인 유학생들에게 한국어를 가르 치는 봉사활동에도 참여하고 있다.

재일한국인 2세로 살다

파도를 넘어

2022년 08월 26일 초판 1쇄 펴냄

지은이 김장수
옮긴이 김기민
펴낸이 김흥국
펴낸곳 보고사

책임편집 이소희
표지디자인 김규범

등록 1990년 12월 13일 제6-0429호
주소 경기도 파주시 회동길 337-15 보고사
전화 031-955-9797(대표), 02-922-5120~1(편집), 02-922-2246(영업)
팩스 02-922-6990
메일 kanapub3@naver.com/bogosabooks@naver.com
http://www.bogosabooks.co.kr

ISBN 979-11-6587-342-4   03810
ⓒ김기민, 2022